看淡人生悲与喜

焦文旗——主编
常朔——副主编

花山文艺出版社
河北·石家庄

图书在版编目（CIP）数据

看淡人生悲与喜 / 焦文旗，常朔主编. -- 石家庄 ：花山文艺出版社，2020.6 （2025.1 重印）
（"智慧人生"丛书）
ISBN 978-7-5511-5187-0

Ⅰ. ①看… Ⅱ. ①焦… ②常… Ⅲ. ①散文集－中国－当代 Ⅳ. ①I267

中国版本图书馆CIP数据核字(2020)第094669号

丛 书 名："智慧人生"丛书
主　　编：焦文旗
副 主 编：常　朔
书　　名：看淡人生悲与喜
Kandan Rensheng Bei Yu Xi

选题策划：郝建国　王玉晓
责任编辑：王玉晓
责任校对：李　伟
封面设计：新华智品
美术编辑：王爱芹
出版发行：花山文艺出版社（邮政编码：050061）
（河北省石家庄市友谊北大街330号）
销售热线：0311-88643299 / 96 / 17
印　　刷：北京一鑫印务有限责任公司
经　　销：新华书店
开　　本：880mm×1230mm　1/32
印　　张：6.25
字　　数：120千字
版　　次：2020年6月第1版
2025年1月第4次印刷
书　　号：ISBN 978-7-5511-5187-0
定　　价：39.80元

写在前面

◎ 郝建国

花有千万种，路有万千条。

对自然而言，和风细雨，阴晴冷暖，均为常态；于人生而言，顺境逆境，悲欢离合，亦属习见。

人生是一段持续百年的跋涉，需要不断地汲取营养，增添前行的动力。

在人类漫长的发展史中，无数先哲积累了大量的人生智慧，铸就了许许多多的智慧人生。这些经验，经过传承，由文言文转为白话文，弥散在一个个现代版生活故事中，感染和引领着无数的人，由粗放走向精致，由遗憾走向尽美。

我们认为，智慧的人生才是完美的人生。

为了便于大家在阅读中感知和体味人生智慧，我们编选了这套“智慧人生”丛书。

丛书由《看淡人生悲与喜》《活着，就是最美的风景》《与过去的自己对话》《爱是最好的良药》《和对手做好邻居》《活成一支小夜曲》《相信自己的“奇迹”》《仁爱比聪明更重要》《幸福就是一场雨》共九册构成，从多角度揭示智慧人生的不同侧面，展示智慧人生的多维内涵，寄望身边的每一个人都能活得精彩、活得明白、活得有尊严。

丛书中的文字浅显易懂，故事生动感人，读来畅快淋漓、兴趣盎然、回味隽永。文章作者，虽不乏文坛宿将，然多为普通写作者，他们从身边琐事写起，独抒性灵，讲述对人生的智慧解读。阅读的过程，宛如与故友谈心，丝丝涟漪，轻轻荡漾，如春风化雨，滋润心田。

人生如航行，智慧是灯塔。

祝读者朋友一路顺风，愿智慧之灯无碍长明！

目录

第一部分 看淡人生悲与喜

第二部分　给人生加一道花的篱笆

第三部分　寒不冻心跳，风不散笑容

第四部分　随喜善良

第一部分

看淡人生悲与喜

看淡人生悲与喜

◎鲍海英

人生是由悲与喜组成的，这就像一张纸由正反两面组成一样，它们总是如此相依、紧密相连，可以翻过来，也可以翻过去，轻易转化。

说到喜，影响最大的莫过于南宋进士洪迈在《容斋随笔》中记下的《四喜》诗：“久旱逢甘雨，他乡遇故知。洞房花烛夜，金榜题名时。”这是人生四大喜事。

可有人还觉得不过瘾，明代朱国祯《涌幢小品》记，秀才王树南就在此诗每句前面各添二字曰：“十年久旱逢甘雨，万里他乡遇故知，和尚洞房花烛夜，老儒金榜题名时。”改后的《四喜》诗用夸张的数量、奇特的人物突出了喜上加喜、喜出望外，将喜的意味推到了极致，且产生了幽默风趣的效果，令人忍俊不禁，拍手称妙。

不过，喜与悲常常结伴而行。清初一个读书人科举落榜，回家途中天又下起了一点儿小雨，住店时听到邻院娶亲的阵阵唢呐声和鞭炮声。于是，他不禁浮想联翩，感慨万千，便给《四喜》诗加了八个字，变成了：“久旱逢甘雨——几滴，他乡遇故知——仇敌；洞房花烛夜——隔壁，金榜题名时——梦里。”这样一改，诗中原来所说的人生四喜就变成了人生四悲，对比十分鲜明，也符合他当时的处境。

还有人干脆针对《四喜》诗写了一首《四悲》诗："寡妇携儿泣，将军被敌擒。失恩宫女面，下第举人心。"也颇生动传神，流传甚广。可我总觉得，对大多数人而言，无论是喜还是悲，其实它们在人生中所占比例都极小，很多人每天经历的都是不喜不悲的平常事。而人们往往容易过分夸大那些悲与喜，特别是心中的那些悲，在古诗词里被渲染得淋漓尽致。

倘若沿着《四悲》诗的思路想象发挥，今天可悲的事也确实不少，譬如美女迟暮、明星过气、炒股套牢、经商赔完、政客下台、高考落榜、恋爱受挫、提拔无望、招聘被拒、竞标失败、投资被骗……这些林林总总，分析起来，有些是自然规律，谁都无法抗拒，想也没用，由他去吧；有些是没事找事，无事生非，属于"天作孽，犹可违；自作孽，不可活"之类；有些则是生活必要的代价，是正常成本，不必大惊小怪。

可见，在生活中，至少一部分你认为是不幸的事，其实是可以避免的。欲望越多，失望就越多。如果我们能多一点儿平常心，多一点儿知足常乐情怀，不去刻意争那些不该争或意义不大的东西，不给自己定下太高的人生标准，不和这个比，不和那个比，不设定太多不切实际的奋斗目标，适当放弃一些身外之物，减一减太盛的名利之心，岂不是"本来无一物，何处惹尘埃？"。

对待生活中的不幸，少想不顺事，多想美满事，此乃民国元老于右任的人生态度，也很管用。他曾写过这样一副对联：“少思八九，常想一二”，横批是“如意”。既然“不如意事十常居八九”的大趋势无法改变，那何妨索性把悲与喜看淡一点儿，忘掉那不顺心的“八九”。这正是达观者的生活态度。想想看，虽兵荒马乱，颠沛流离，于老仍得享长寿，盖因于此。

静水流深

◎耿艳菊

静，最易也最难。而静下来的，往往最震慑人心。

那年秋天，刚入大学不久的我们，听说黄河距学校很近，年轻的心忍不住欢呼雀跃。黄河，在诗文、故事传说里，有太多的身影。惊涛拍岸、汹涌澎湃、气势磅礴，这是我们对它的一贯定义。

不到黄河心不死。一个晴朗的周日上午，我们班四五十人，一个个激情高涨、心怀激荡徒步踏上了去黄河的路。一路打探，弯弯绕绕，九曲十八弯。终于，在夕阳西下时到达。

落日残照下的水面安详静谧，辽阔无边。不是想象中的水势滚滚、惊涛狂澜，只是悠悠的、旁若无人的、安闲的，甚至带点儿孤单气息的静！宽大的水面上点缀着几只小船，岸边一位银发老人立在余晖里凝视远方，安然自在。

我们都被这突如其来的静阔惊住了，目瞪口呆。纷纷拍照合影，似乎要把这无边的静抓进来，留作岁月的底色。

几年后，在一本书里，与“静水流深”四字相逢，恍然间，竟有一种“与君初相识，犹如故人归”的喜悦。我蓦然想到了当年那一片黄河水，幽静的表象下，却隐藏着“黄河之水天上来，奔流到海不复回”的深远壮阔。

作家赵万里说："静，就是生命的完满；水，就是生命的本源；流，就是生命的体现；深，就是生命的蕴藉。"渐渐地，我喜欢上了"静水流深"这种生命的意味。

在电视上看到林清玄，慈眉善目，平静安然，感觉有一种隐隐的仙气。从他的文章里，我略知他年轻时的经历。他曾经忙于浮世里的各种热闹，开不完的会、永远的觥筹交错。生活热闹得似起风的海，浪花飞溅。然而就在他事业走到最高峰，生命最喧闹时，他毅然地转了身，到深山里的一座禅院清修。两年多的时间里，从未下山，隔离了万丈红尘。晨钟暮鼓，在一册册经卷里沉潜。生命是一泓秋日的静水，深不见底。

把生命养成一泓幽深静水的，还有"隐世才女"白落梅。她低调淡然，从不出席签名售书活动，很少接受采访，清静自在地活在江南的水土里。百度搜索，也只有寥落数句：白落梅，原名胥智慧，栖居江南，简单自持；心似兰草，文字清淡。她总是拿她的文字说话，在最素简的生活里编织出最深情的文字。有读者这样盛赞她的文章：落梅风骨，秋水文章。她的书《你若安好，便是晴天：林徽因传》一度空前畅销，而"你若安好，便是晴天"后来成了流行语。

静水，不过是本然、自由的生命常态，存活于自然中。俭以养德，静以修身。于我们凡夫俗子来说，那是一种心灵上的修为，一种美好的生活态度。静了，便如水一样自然地流向深处。

而静又如同成功，不是随随便便可以做到的。

别深情于过去

◎徐长顺

人们有时深情于过去的世界。过去了，还想，是没有意义的。

有人总爱想起过去。说起往事，希望有人成为倾听者，希望有人和他一起说起往事。

我就经常听别人说曾经发生的事，也会引起我的回忆。为什么要说起往事？是心态老了，失去了总觉得可惜。

没必要总想过去。

落日沉入大海，迎来的是又一天，所有的一切都是过去时。过去的风，过去的雨，过去的阳光，过去的所有的好心情，多了几许成熟后，便不会去想。

前世的梦，与我无关。

梦似的一切，过眼烟云，聪明的办法还是多点儿精力想想明天，活得简单点儿，再简单，不去想就不会累，就不会叹息，用心做想做的事，用心面对每一天。

山峰在前，抬头看，太阳正初升。

如果还有许多事要做，如果还有梦，还有激情，哪有闲情想曾经发生的？

已经过去的没意义了，睡上一觉吧，明天上路多么轻松！

苦辣，人生主打之味

◎段奇清

人生性不喜欢苦味，我们家乡母亲给婴儿断奶时，最有效的法子就是在乳头上涂抹苦鱼胆。

人不爱苦，可苦总会顽强地缠上人。不说从吃奶向吃粮食转变时，首先得从吃苦开始，而在人一开始能稍微懂事听话时，大人们就会说，要珍惜光阴，人生苦短。在生命如江水哗哗流逝时，就又会说，来日苦短，去日苦长。

难怪有人会说，酸、甜、苦、辣、咸、涩、腥、冲八种味道中，苦、咸、辣、甜才是主味。咸最俗而苦最高，苦味要等众味散尽方才知觉，故而人们说，“吃得苦中苦，方为人上人”。人生的高度往往是由“苦”的基石一层层垒起来的，是从“苦”的阶梯一级级攀缘上去的。

能够吃苦的人即便处在低谷时，他也应该是高的，此时的高是一种精神境界，是一种道德情操。苦是味之隐逸者，如晚秋之菊，寒冬之梅，水中之荷，那飘散出的是一种人格的香味。“千淘万漉虽辛苦，吹尽狂沙始到金”，吃苦的境界往往会如金子般闪闪发光。如果说一个人苦了之后还是苦，那么这个人不是没有真正弄懂吃苦的道理，就是苦中的异己与堕落者。

咸是俗，但需要让人领悟的是咸到极致却是苦，所以一个人有时俗一点儿并不可怕，寻常之中，往往会蕴含着不寻常的因子。只要你有一颗向上奋发的心，也就不可能总是俗，不可能总是寻常，有那么一天，你的生命就会“火辣辣”地“火爆”起来了。

人不喜欢自己总是平平淡淡的，希望一辈子中总有那么一些“火辣辣”的日子。也就是说人需要辣味，而辣味是极为高尚纯正的，有君子之道在其中，没有辣味是会与酸、甜、咸、涩交杂的。辣味是百味之王，正因为是王者之味，所以其他的味道是不易亲近是不可杂糅的。可见，辣味是一种坚守，是有所操持。

所有味道中，甜味是最解辣的，是最宜人的，宛然秋风春月、岸芷汀兰。就一般来说，辣味是愈辣愈好，但甜味不可太浓，如此才具贤淑之德，才是“淡妆浓抹总相宜”，过腻之甜只能是一种露骨的谄媚。生命中多一些辣味，却又不沉迷于甜味中，才能让人既懂得悠然缓冲又不会沉沦，能够奋起又不至于莽撞。

人生不可莽撞，不可太匆忙。倘若将味觉换成视觉，更能从中得到一些启示。古人就曾经提醒我们，如“盲”字，拆开来看，就是“目”和“亡”。眼睛死了，所以看不见。“忙”这个字，就是心死了。心死了，奔波忙碌又有何意义？人生之味要细细品尝，许多时候我们要放慢追逐的脚步。曾有人说得好：人生的终点都一样，谁都躲不开，没有必要饕餮人生，慌里慌张地往终点跑。

苦、咸、辣、甜是主味，属正；酸、涩、腥、冲是宾味，属偏。偏不能胜正而宾不能夺主。人生主打是正味，而人生的“小菜”则多偏味。人生这个筵席应以正奇相生而始，以正奇相克而终。这就是人生的筵席或者说人生之味的辩证法。

所以我们说，人生既不能狼奔豕突，也不能如一只蜗牛般匍匐爬行。最好的方式，是保持一颗安然而坚定的心，不怕吃苦，具有一些辣味，同时也要有一些其他的味，让人生在平淡中浓郁，在浓郁中享受多姿多彩与甜蜜幸福。

生命没有永远的精彩

◎鲁先圣

一

人的一生，应该像一杯清茶，一点一点地浸泡，慢慢地品尝，细细地回味，在氤氲的茶香中慢慢体会清香的悠远至味。

并不是所有的人都能够让心灵安静下来，做到处变不惊，从容淡定，物我两忘的。面对尘世里种种的诱惑，有多少人放弃了操守与品格，把自己送到了悬崖边上？

其实，很多时候，你需要的，不是万千财富，而是一壶清茶。一个人，在雅致的茶海边，泡上一壶清茶，那清幽的茶香，会让你放下生活中的种种复杂，会让你慢慢思索和感悟，会洗去你心灵的尘埃。那袅袅的茶烟，也一定会给你清澈的领悟，让那一刻变得生动而博大，更会让时光变得轻松而旷远。

生命中没有永远的精彩，也没有永远的不幸，岁月之河在经过了大浪淘沙之后，最后一定会归于平静。生命轮回，春秋荣枯，这人间烟火里的至味，我们安静下来之后，自然能够参悟。而明白了这些之后，我们又有什么不能够放下的呢？

如果能够邀请我们的家人一起，或者邀请我们的朋友一起，来品尝茶的滋味，那番情景，就不是一个温暖能形容的了。那份相守，那份瞩目，那份亲切，胜过多少冷静的承诺，胜过多少遥远的眺望啊。

对于我们来说，人生中的所有需求，我们都可以很简单地拥有，不同的是，我们是否可以以一颗平静淡定的心，从容看待人生的苦乐悲欢。

山水从不问人间恩怨，也不关心人生沉浮。

一壶清茶，自会带我们去山水之间，忘却尘世的云烟，放下人间的恩怨，享受自然的鸟语花香。

一壶清茶，能让我们笑看浮云流水，能让我们放下心中的块垒，更能让我们走向山川，拥有博大的胸襟。

二

苏东坡那句“人有悲欢离合，月有阴晴圆缺，此事古难全”，千百年来让多少人为之倾倒，为之惆怅。在我们的心中，月就是有圆有缺的，每月的十五是满月，每月的初一是一弯新月，这早已经是千百年来的定论，也由此不知产生了多少美丽凄婉的诗篇。

其实，月亮本身是没有任何变化的，它永远是圆的，我们之所以看到了它的圆缺，是因为我们所处的地球有时候遮挡了月亮反射的太阳光，才让月亮失去了自己本来的容颜。

人类早已经登上了月球，那里是一个没有水、没有植物、没有生命的荒漠。但是，千百年来，在我们的人类世界里，月亮上有了多少美丽的传说。

这一切美丽的故事，在月亮上都没有发生过，只是我们一厢情愿地让它发生了。

我们的人生一如我们对月亮的赋予，很多时候，世界本来并没有变，生活本来并没有变，别人本来也没有变，可是我们自己却把自己搞得惶恐不安，那是因为我们缺少了一分清醒，是我们自己的虚妄遮挡了我们的眼睛。

如果我们有一双明亮的眼睛，我们就不会对这个世界迷惘和困惑，在红尘路上，活出自己的那份淡定与从容。

三

秋意浓了。

坐在窗前，端着一杯刚刚浸泡的茶，眺望着蓝天白云，享受着这深秋的阳光，让窗外的景色慢慢梳理着繁杂的心绪。

是的，不论我们是辉煌过还是失败过，时光一如江河的流水不能倒流。如果陷入回忆，我们不过是撑一只竹筏，逆流而上，去岁月的河流里寻找那已经没有任何意义的曾经的快乐与忧伤。那些如烟的往事，都早已经风化成时间的化石，在岁月的风尘里定格，不论我们怀着多少虔诚与不舍，它们都不会再改变丝毫的色彩。

我们唯一要做的，是放下，不要再让那些回忆固执地潜伏在内心里。那些辉煌，只不过是过去的成功；那些过去的失败，也只能说明过去没有做好，它们对于今天的我们已经没有什么意义。我们要放下那颗纠结的心，让心灵清洁干净而轻松，以“人生本无蒂，飘如陌上尘”的境界，去人生的下一个路口。

古人说“山重水复疑无路，柳暗花明又一村”，说得多好呀，古人就是一再提醒我们，总有下一个路口在等待着我们到达。我们的过去，不是因为我们没有追求，往往是因为追求太多而束缚了手脚。不是我们没有期望，也往往是因为欲望太多而迷失了方向。

很多时候，我们是因为出发了太久，而忘记了出发的目标，让自己迷失在了行走的路上。那么，我们就整理心情，修正坐标，找对方向，去下一个路口吧。

下一个路口，就是人生的重新选择、重整旗鼓、重新再来。只要你怀抱着必胜的信念，把烦恼放下，把遗憾放下，只要你记得自己曾经的失败，只要你不愿意输掉自己，你的经验就不会让你重蹈覆辙。

下一个路口，是我们对自己神圣的期待，更是我们对生命庄严的承诺。只要我们准备好了一颗心，放下人生的块垒，拂去眼前的浮尘，我们在那个路口，就一定会收获人生的惊喜。

苦是甜的种子

◎路　勇

“中国好声音”（第三季）冠军张碧晨，是个年轻漂亮的天津女孩儿，一直在父母的呵护下生活。可是，她为了自己的音乐梦想，只身前往韩国当练习生。她说：“我去韩国就是很想过练习生的生活，真的真的想吃那份苦。”

事实上，练习生的苦比张碧晨想得更可怕，不仅高强度的训练让她吃不消，疲惫后没有家人陪伴的寂寞也让她伤感。但她还是咬牙熬过了那段日子，不仅加入了韩国女子天团，还获得粉丝的喜爱并得到重要的奖项。回国后，张碧晨参加“中国好声音”（第三季），顶着盲选的压力、选手的竞争和舆论的纷扰，一步步走向辉煌的顶点，显然每一步、每一天都沾着苦。相信大多数喜欢她的观众，不仅是被她的歌声吸引，更是被她那份离梦想很遥远却不放弃的坚持所折服。

成功的滋味人人都想尝，可是通往成功之路上的苦，却是很多人避之不及的。然而，苦是甜的种子，如果没有植入那些苦，就很难有苦尽甘来的时刻。没有人能够随随便便成功，没有苦的洗礼，甜也不会无缘无故地出现。很多有着音乐梦想、向往娱乐圈的年轻人，都恨不得自己成功，可是没有多少人愿意吃苦，更没有人愿意像张碧晨那样“找苦吃”。

在我熟悉的撰稿圈，有一些颇有名气的写手。他们有大量的追随者，有粉丝，也有爱好写作的文友。许多文友常常会说：“你们到底是如何做到的，每天都有作品发表问世，过两三个月就有一本书出版？”有写手就说了：“我们不过是每天都在写作，从来都没有间断过。你们在聊天时我们在写作，你们在旅行时我们在写作，你们去看足球赛或音乐会时，我们仍然在写作。”还有一个写手毫不隐瞒地说：“我每天都会创作一万五千字，不管这一天是无事打扰还是百事缠身，我创作的计划绝对不会被打乱。我宁肯晚上不睡觉，也要完成自己的创作计划，绝不将写作推到第二天。”“每天一万五千字？不睡觉也要写作？”文友们听了，个个吐舌头，“这哪里是创作，分明是在干苦力，我可吃不了这个苦。”

抛开那些抄袭的争议不说，郭敬明应该算是成功的写手。在一次访谈中，郭敬明说自己每天只睡四五个小时，没有时间陪父母看电视和外出旅游，甚至从来都没有享受假期的权利。有人就说了，“为了在写作上获得成功，难道郭敬明真的每天只睡四五个小时，要像机器一样除了工作还是工作吗？”很多人向往获得骄人的成绩，可是他们还要闲聊、旅行或者娱乐，也不愿意睡得少一些，简而言之，就是不愿意离苦太近，却巴望着把甜留住。可是，苦是甜的种子，如果连种子都没有种下，怎能期盼开花结果的时刻。

其实，人生就像一场马拉松比赛，不仅要跑得快，还要坚持得久。也许我们无法每一次都最先抵达，然而“千里之行，始于足下”，体验过汗水滑落脸庞的滋味，甚至感受过伤和痛的那种苦，才能享受最后冲线的那份甜。

我们总是带着一路的抱怨前行，总是感慨幸福是多么难以捉摸，却不知一切其实可以尽在掌握之中。我们总是品尝了甜才感谢苦，却不愿意把苦当成甜的种子，让一切美好的发生成为必然。

苦是甜的种子，甜在苦的尽头等着我们，苦过的人生才有力量，而最后的甜是人生最重的分量。

走走停停的人生

◎王　纯

很喜欢这样一句话，人在这个世界，有两件事我们不能不做：一是赶路，二是停下来看看自己是否拥有一份好心态。

走走停停，是人生最理想的状态。可是我们都太急了，急着赶路，而忘了停下来审视自己的心态。走得急，是因为心中有太多的欲望，总想去追逐，久而久之，心态不好了，失去了，追悔莫及，得到了，还想得到更多，心情总在患得患失中浮沉，心理很容易失衡。

我的一个朋友说过，人要清楚自己想要的是什么。他的人生一直在走走停停，惬意又自由。朋友是经商的，大家都清楚，商场如战场，很多商机稍纵即逝，所以大部分人深陷其中，根本停不下来。可朋友有独特的生活理念，他总说："人是来这个世界旅行的，不是来受苦役的。所以要学会享受生活，享受人生。享受人生不是穷奢极欲，让自己膨胀的物质欲望得到满足。相反，享受人生要懂得有节制，懂得遏制自己的物质欲望。知道自己想要的是什么，自然能够停下来。"朋友打理生意的同时，一定会抽出时间旅行，用他的话说就是：看山，看水，看世界。投身自然，陶冶性情，让生命处于最舒适的状态。

这个世界上，停不下来的唯有时间。如果人停不下来，就成了病态。看看我们的周围，有多少人夜以继日地工作，为了赚钱，升职，实现人生价值，等等。记得有这样一个资料：纽约市曼哈顿中央公园有一头北极熊，患上了过度活跃症，每天不停地游泳，经过专家治疗才痊愈。其实，很多人都太像这头北极熊了，不停地忙碌，像一只不停转的陀螺。殊不知，“忙”字拆开了就是“心亡”，心死了，才会机械地忙碌，人们透支着健康和青春，为的却是那些可有可无的所谓目标。

走走停停的人生，才是最佳选择。一个人不劳动当然不行，但如果人一生都像机器一样，不停地转动，那还有什么乐趣可言？走累了就停一停，看看路旁的风景，寻找有趣的故事，或者静坐路旁，想想自己的心态好不好，现在的状态是不是自己想要的。想好了，及时调整自己，继续前行。

有句话说得特别好：“干不完的工作，停一停，放松心情；挣不够的钱财，看一看，身外之物；接不完的应酬，辞一辞，有利健康；走不完的前程，缓一缓，漫步人生！”懂得漫步人生，张弛有度地生活，人才会活得健康鲜活。

“人生的路，走走停停是一种闲适，边走边看那是一种优雅，边走边忘就是一种豁达。”走走停停中，悟出生活的大智慧。

不必占有的好物

◎梁　凌

我有个发小，非常有智慧，时隔二十年，我依然记得她那句话，她说："不必占有，看看就好！"

那时，我们都是刚刚毕业的穷孩子，她在一家医院当护士，我在工厂当技术员，挣的钱仅够糊口，为了省钱，我们合住一间小屋，自己动手，煮最简单的饭食。

在她医院对面，有一家百货大楼，楼上有一家卖绢花的，花做得非常精致，大朵的百合、虬枝缠绕的梅花、紫色的勿忘我，都强烈吸引着我们。可我们没有余钱，每次看花后，都要长吁短叹。

后来有一次，她突然笑言："其实不必占有，看看就很好！"

之后的数日，我们依然看花，心情却与之前大不相同。老板隔几天都要变换一下花的品种和插法。在我们审美即将疲劳时，旧花被人买去，新花重又摆上。刚上架的新花，又让我们眼前一亮。我们还发现，对一种花的喜欢，不会超过十天。这样看来，还真不必买下。

"不必占有，看看就好"，我们度过了清贫而芬芳的三年。

一样聪明的，还有一位母亲。有一年，我在超市里遇到一对母子。儿子闹着要买一件很贵的玩具，母亲没钱买，也可能不舍得买。于是，她这样教育儿子："世上好东西多着呢，你不可能都买回家。"她的儿子，摸摸那件玩具，想了又想，终于很懂事地走开了。

是的，世间好物太多，有一些，你我倾其一生，也注定不可能占有。但不占有，却可以拥有。

比如，图书馆的书、博物馆的文物，可以看，却不必占有；太阳、星星、月亮，是你的，也不是你的，你不必非要署上你的名字。

而且不占有，未尝不是一件好事——图书馆的书不用我买，公园的树不用我栽，花儿不用我打理，园丁们也不需我开工资……当我随时"驾临"，相遇的那些三三两两与我同乐者，并非我花钱雇用，他们是上帝派来的，否则，偌大的园子，独我一人，总不免有些孤单。

如果不喜欢培育的过程，何必非要亲自种一盆兰？倘若不为佩戴，不体验手泽浸润的乐趣，何必买一块玉？不为喝茶，占有一把壶有什么意思？只为艺术欣赏不为获利，一幅名画，欣赏就够了，何须斥巨资买下……而且，我们占有的东西，不是太少，而是过多。不信你可以清查一下家里，是不是有许多没开启的书、没喝完的茶、用过一次就闲置的杯子、放坏了的水果？我们总嫌家小，其实是物什太多，一个不懂减法的人，不知不觉中反受物役，多大的家都不会"静虚"。

我见过一个知名学者，他并没有多少藏书，他读过的书，都装在肚里。

雁过无痕，叶落无声。泰戈尔说：“天空没有翅膀的痕迹，而我已飞过。”

许多好物，只求拥有，不必占有。纵然占有，亦是虚空。想茫茫宇宙，人人都是沧海一粟，过隙白驹，转眼成云烟，什么是你的？最终你又能占有什么？

他看着花

◎马亚伟

“三只牛吃草，一只羊也吃草，一只羊不吃草，他看着花。”

就这么简单的几句话，却感觉妙趣横生。那只羊怎么那么有趣呢？他不像别的牲畜一样只懂得吃草，他还懂得欣赏花的美好。多么有灵性、有情趣的一只羊啊！他可能是在吃饱了之后，便开始悠然自得地赏花，充分享受着生命的愉悦和幸福。

这只幸福而浪漫的羊，实在是给我们上了生动的一课：活着不应该是吃饱这么简单，在吃饱的基础上总应该有点儿喜好和追求，享受吃饱之上的更高境界的精神愉悦，这样的生命才是舒适怡然、充实快乐的。

我们人类不更应该这样吗？可生活中，太多的人只懂得为了温饱而努力，或者为了住得更好、吃得更好而疲于奔命。我们太注重物质的获得和享受了，往往忽略了更多比物质更有趣更享受的事。

我想起安徽合肥的一个叫刘涛的人，他的本职工作是抄表，每天都重复简单枯燥的工作。后来，他爱上了摄影，就利用业余时间进行街拍。他在大街小巷穿梭，用好奇心把整座城市变成他的作品，拍摄幽默而生动的市井生活，用镜头真实记录了城市平凡生活的点点滴滴。

刘涛的作品传到网上后，得到了非常高的评价，他很快火起来，人们称他为“街拍大师”。刘涛在接受中央电视台《面对面》记者采访时说：“我不是什么大师，我就是一个很普通的人，我还会继续做抄水表的工作，这个工作养活了我。我就是觉得，除了工作，人还应该有一些精神生活方面的追求。”其实有一份稳定的工作，可以让自己活着。但是，如果要想活得更好，还要有一份精神生活。就像那只看着花的羊一样，吃饱了，还要活得有意思。精神生活可以是没收入的，不过你能够自由驰骋在自己营造的心灵原野上，可以策马扬鞭，追着天边的白云奔跑，总之你是自由、快乐、充实的，所以能从中获得巨大的满足感。刘涛出名以后，法国一家画廊想买下他照片的版权，但他拒绝了，他说如果卖了版权，就得按他们的要求拍照，就不自由了。

精神世界的追求没有功利性，完全在于自由和享受。其实，我们很多人都在做着重复的工作，缺乏精神上的给养。如果没有精神生活，人会惶惑茫然，空洞乏味，陷入无所适从的境地。像那只看花的羊一样，闲暇时，悠悠然散散步，然后看看花，与耳畔的风交流一下花儿的香味，向头顶的蓝天招招手，讲讲花儿的风姿——想想都觉得惬意呢！

在庸常的生活之上，为自己搭建一个流光溢彩的精神城堡，人就能活成一只看着花的羊。他看着花，于是，日子活色生香，人生五彩缤纷。你瞧，花美，草绿，天蓝，多好啊！

眺望十年后的自己

◎纳兰泽芸

那天看到周迅说她十八岁到二十八岁的人生经历，很感慨。

周迅十八岁的时候，在浙江艺术学校上学，那时候，她还是个不知道自己到底想要什么的女孩子。

每天与同学们唱唱歌，跳跳舞，疯玩，生活混混沌沌。

她记得清清楚楚，1993年5月的一天，艺术学校里的一位老师忽然把她叫到办公室，问她："现在的生活，你满意吗？"她摇了摇头。老师笑了，说："不满意的话，说明你还有救。你是一棵好苗子，但是你对人生缺少规划，散漫而混乱。你现在来想想，十年以后的你会是什么样子？"

十年之后？这么遥远的事情，她还真从来没想过。

老师说："没想过是吧？那现在就好好想一想，想好后告诉老师。"

她沉默了好久，慢慢地说："我希望十年之后，自己会成为一名成功的演员，还可以发行一张自己的音乐专辑。"

老师说："好，既然你确定了，我们就把这个目标倒着算回来。十年以后，你二十八岁，那时你是一个红透半边天的大明星，还出了一张专辑，那么，你二十七岁时，除了接拍各种名导演的戏以外，一定还要有一个完整的音乐作品，可以拿给很多唱片公司看；二十五岁的时候，在演艺事业上你要不断进行学习和思考，在音乐方面要有很棒的作品开始录音了；二十三岁时就必须接受各种训练，包括音乐和演技方面的；二十岁时就要学作曲、作词，在演戏方面要接拍一些重要的角色了……”

她把老师的话记在了心里，她觉得自己整个人都觉醒了。

一年以后，十九岁的她从艺校毕业，开始勇敢地闯荡北京，成了一名“北漂”。

她始终记得，十年后她要做一名成功的演员，所以对角色开始很认真地选择，后来她拍了《大明宫词》《橘子红了》等影视剧，慢慢被观众所熟知，然后再签约李少红导演的影视公司，也慢慢尝到了成功的喜悦。

2003年的5月，正好是老师与她谈话的十年之期，她果然成了国内的一线红星，知名度正渐渐向国际拓展，她也果真有了属于自己的第一张专辑《夏天》。

十年时间，不算长，也不算短。

“想想自己，1993年，我还在读初中，应付着没完没了的考试与测验；十年后的2003年，我已在上海，在公司工作、加班，为了想在这个寸土寸金的城市买一套属于自己的房子，给自己一点儿归属感而努力。”

“这十年，觉得自己大部分时间处在一个尚未觉醒而混沌的状态。再后来，2003年到2013年这十年，在上海这个城市扎下了根，有了自己的家，有了两个孩子，为了工作、为了家庭、为了孩子日复一日地忙碌。感觉自己慢慢觉醒，梦想渐渐萌芽，利用业余的点滴时间，努力读书、写作，发表了二百余万字的文字，成了《读者》等期刊签约作家，写了一些专栏，进入了作家协会，出版了四本属于自己的书，入围了鲁迅文学奖。

这十年，说遗憾，有；说后悔，也谈不上。在上海这个自己没有任何根基的城市，为了基本的生存，花去十年，谈不上后悔。

那么，2013年到2023年这十年呢？十年之后的自己，该是什么样子？

是时候该想一想了。

十年时间，一个呱呱坠地的婴儿能够长成一个天真浪漫的少女；十年时间，一份卿卿我我的爱情能够沉淀成血浓于水的亲情；十年时间，满头的青丝能够变成斑斑的两鬓白发。

一年、十年，是一种岁月的积淀。十年所收获的，需要一年又一年的累积，才能有质的飞跃。

一年的努力，可能看不出什么，但十年的努力，就可能是水到渠成。

一年的梦想很梦幻。十年的梦想，可能就成了活色生香的现实。

所以，从现在起，眺望十年后的自己。

无招胜有招

◎孟祥海

林清玄在《茶匠的心》一文中，写了一个茶匠与日本浪人决斗的故事。茶匠受到挑衅，本来打算寻找一种最体面的死法，结果剑客教给茶匠用他最擅长的“泡茶技艺”与浪人决斗。

当浪人带着必胜的信心挑战时，却被茶匠从容优雅的气质、恬淡寡欲的情怀、专注无畏的行动震撼。茶匠以柔克刚，“无畏、无我、无念”，以“无”胜“有”，最终无招胜有招，赢得了这场决斗。

无独有偶。十九世纪，德国“铁血宰相”俾斯麦，是一位有名的决斗家。有一次，俾斯麦因与科学家维磋言语不和，就向他提出决斗。收到邀请的维磋既吃惊又为难，身为科学家的他，与人决斗并不是他擅长的，但又不得不应战……决斗那天，俾斯麦大方地让维磋优先选择决斗武器。令人惊讶的是，维磋拿出两条事先准备好的腊肠，说：“因为我是个科学家，所以选择腊肠作为决斗武器。这腊肠一条十分可口，一条却灌满了致命的细菌。”他接着对俾斯麦说：“来吧，你选择你的‘武器’，我们一起吃吧！”俾斯麦望着这两条腊肠，愕然半晌，生气地转身离去，有生以来第一次红着脸退出了决斗场。

不可一世的俾斯麦被科学家的两条腊肠“击败”，维磋以无招胜有招，最终为自己赢得了胜利。不是所有的决斗都要以牺牲生命为代价，有时候“无”恰是一种“有”，无招胜有招，不战而屈人之兵，才是制胜的法宝，才是决斗的最高境界。人生又何尝不是如此呢？

与一本书缠绵

◎李丹崖

人生最美，莫过于与一本书缠绵。

与人缠绵，太腻歪，若激情不再，缠绵不下去；与俗物缠绵，容易被人说成是玩物丧志，格调不高雅；与山河缠绵，不管是身体上还是时间上，都有些照应不过来。

所以，还是与书缠绵。

在窗前的阳光里，在檐下的鸟鸣里，在故乡的榆荫里，在床头昏黄的灯光下……无时无刻不能读书，无场无地不能阅读。

命运可以伤害我们的身体，给我们带来残疾，只要给我们一双眼睛，就不会剥夺我们阅读，只要给我们一双手，就不能阻止我们书写。

读一本好书，在晨辉里，休息了一夜的身体，在书中的句段之间得到淘洗。

空虚时读读经典，闲暇时读读小说，忙碌时读读警句，困惑时读读格言。居城市读读乡土，居巷陌读读草原，居江湖读读庙堂，居学堂读读国学，居职场读读运筹，居商海读读兵法，居文职读读自然。

与一本书缠绵，走进唐诗宋词的氛围里，如同走进了一条灯光旖旎的巷子；走进名人传记的震撼里，如同走进了一间励志的画廊；走进林和靖与陶渊明的经历里，如同饮了一碗提神的冰水；走进魏晋文人的狂狷里，如同走进了一个豪放的道场。

与一本书缠绵，不是与个中字句缠绵，也不是与作者或人物缠绵，而是与书中的精髓缠绵，促膝交谈，融汇在心。

与一本书缠绵，不是偶尔一会儿，而是长期为之，常读常新，心思逐渐专执，心智逐渐成熟，心灵逐渐清明，心神逐渐淡然。

与一本书缠绵，在寂静的流年里来一场彻读，你会觉得日子是明丽的，步履是踏实的，容颜是年轻的。

与一本书缠绵，在纷扰的俗世里，给自己一剂清醒的茶汤，给自己一份寡淡的心境，给自己一种坚定的信念，当下笃定，前程繁花似锦。

再好的东西，也不可多要

◎黄小平

一

一次大病后，身体极为虚弱，便去看中医。给我看病的是一位老中医，我请老中医多开补药，以便尽快把身体调理强壮。而老中医说，不要快，而要慢，特别是身体虚弱时，不能快补，只能慢补。

多服补药，不是能更快地让身体康复吗？我问老中医。

老中医说，服用补药后，补药不会自动消化，而要靠身体去吸收、去消化。要消化，就要消耗体能，补药服得越多，消耗的体能也就越大。对于一个身体本来就虚弱的人来说，多服补药会对身体造成极大的损耗，使身体变得更为虚弱。

老中医的话，让我有所启悟。补药是营养品，是好东西，但再好的东西，在吸纳它、使用它时，也要有节制、有分寸。如果一遇到好东西，就贪婪地去侵吞、去掠夺、去强占，那么，好东西带给我们的，将不是好处，而是坏处甚至是灾难。

二

小时候，家住农村。由于家贫，家里很少买零食。

记得第一次喝汽水，觉得那味道美极了，感叹世上竟有这么好喝的东西。可现在喝汽水，却怎么也喝不出那样的味儿来。

是现在的汽水没有过去的好喝吗？当然不是，是我们的味觉被越来越多好吃的东西宠坏了、惯坏了从而渐渐麻木起来。

原来，味觉是可以被宠坏、惯坏的。被宠坏、惯坏的，不只是我们的味觉，还有我们的爱和幸福。

三

吃饱了撑的，本意是指一个人吃饱了，会撑得难受，引申为一个人没事找事地自寻烦恼、自寻痛苦。

一个人怎么会没事找事地自寻烦恼和痛苦呢？比如，一个人有一套房子，已经够住了，可还要去想有两三套房子，甚至七八套房子，结果，生出许多无端的烦恼和痛苦来。

食物是用来喂胃的，欲望是用来喂心的。对于胃来说，食物喂得太多，会让胃撑得难受；对于心来说，欲望喂得太多，也会让心撑得难受。

无论喂胃还是喂心，都要有所节制。有所节制，才能健胃强心，才能拥有人生的舒适、安逸、健康和幸福。

四

父亲退休后，闲来无事，在自家的院落里养了几只鸡。

一次，我回家看父亲，见几只鸡正在树下觅食，便抓了一把谷子撒去。鸡见了谷子，争抢着、打斗着。见此，我又接连撒了几把谷子。这下，鸡再也不打斗了，相安无事地吃起来。奇怪，这些鸡为何前后判若两“鸡”呢？

“起初你撒一把谷子，鸡吃不饱，当然会争。后来，你加了几把谷子，鸡见谷子够大家吃个饱，自然也就不争了。”父亲说。想不到，鸡竟懂得知足，只要谷子够喂饱自己，就不再去争抢，就不再生贪心。

生活中，一些自以为聪明的人，在这一点上，还真不如鸡，你就是给他们再多的“谷子”，再多的财富，他们也不会满足。无止境的贪婪，才会导致无止境的争斗。

五

一位医生告诉我，在人的五脏六腑中，唯一不会得癌症的器官，就是心脏。

是呀，听说过肺癌、肝癌、肠癌、胃癌等，独独没有听说过心脏癌，为什么心脏不会得癌呢？

医生说，那是因为心脏的心肌细胞不会分裂，不会再生，所以也就不会长出肿瘤来。

人的心肌细胞不会分裂、不会再生，但人心灵的欲望却极易分裂和再生。有了钱，却想“分裂”“再生”出更多的钱；有了利，却想“分裂”“再生”出更多的利；有了权，却想“分裂”“再生”出更多的权……永无休止，永不满足，结果生出各种各样的恶性肿瘤。

生命中的玉色时光

◎程应峰

迈克尔很小的时候，父母离异，随奶奶一起生活的那些日子造就了他自卑的性格。

奶奶去世后，他早早辍学开始了打工生涯。因无一技之长，他先后换了几个地方，最后都因难以胜任工作而离开。雇他的人都认为他一无是处，连他自己也认为自己能力低下。

这样一来，迈克尔对生活丧失了信心，几乎绝望。他找到牧师，希望他有办法拯救自己。牧师说，我们所处的世界，最有效的拯救源于自身。

牧师的话迈克尔听不进去，在自卑的阴影下，他越来越潦倒，以致有了了却生命的念头。他用心将自己的所有物品清理了一番，发现抽屉里有奶奶留下的一块看起来老旧，但样式还算精致的翠玉。用心擦拭之后，这块翠玉散发出透亮的光泽。

迈克尔带着翠玉去牧师那儿忏悔，临走时，将翠玉留在忏悔台上，让牧师用以布施大众，留下他心头那一点光。

翌日，迈克尔万念俱灰走出家门。恰在此时，牧师和一古董商迎面走来，将那块翠玉放到了迈克尔手中。古董商说，这块翠玉太贵重了，他不能要。古董商还肯定地说，经过鉴定，这块翠玉年代久远，做工精细，价值在百万元以上。迈克尔一听愣在那儿，他怎么也没想到，自己还拥有这么大一笔财富。欣喜之余，他感谢了好心的牧师和古董商，揣着那块翠玉，回到了家。

这块翠玉改变了迈克尔一心求死的念头，他押上不多的房产，贷款租下了一间门店。他想，如果赔了，还有一块翠玉可以卖掉，用于偿还债务。

迈克尔开始心无旁骛地做生意，很快，他将生意做得风生水起，店铺在他的精心经营下不断地扩充，他甚至有了开连锁店的打算。就这样，属于他的生活越来越有滋味了，越来越有意思了，他的感觉也越来越亮堂了。随着时间的推移，他成了一个信心十足、想法很多的生意人。

生意上的成功，使迈克尔重新审视自己、评价自己，他觉得自己不比任何人差。他甚至发现，旁人都称赞他是一个相当优秀的人。没人的时候，迈克尔从怀里掏出那块翠玉，端详着，抚摸着，看了又看，自言自语轻叹着，奶奶啊，如果不是您留下这块翠玉，我的生命恐怕早就归于尘土了。

迈克尔将想法付诸行动，开起了连锁店。在他心里，这块翠玉是他闯天下的根基，有它在，就没有什么可顾虑的了。迈克尔再次扛下高额贷款，办起了连锁店。然而因为缺乏人本管理的经验，迈克尔终归还是失败了，将以前的积蓄赔了个精光。

在无计可施的情况下，迈克尔拿出那块翠玉走进了拍卖行，他想借此东山再起。拍卖商人仔细看了一遍这块翠玉说，就是平平常常的一块玉啊，值不了多少钱！迈克尔傻愣愣地站在那儿，他怎么也没想到，他这么多年打拼的依托，原本就是一块寻常的玉。

他找到牧师和古董商，想让他们再确认一下。古董商拿过玉一看说，不必鉴定了，这就是一块寻常的玉，当初说它价值百万，是为了给你一个支撑，让你有信心活下去。老实说，当初，我们能帮你的也就这些。

迈克尔明白了，这些年，支撑他生命的不是这块翠玉本身，而是深入心灵的一个玉色信念，让自己的生命散发出玉色一样的光芒。他原本只有一块寻常的玉，现在依然只有一块寻常的玉。只是，他已摒弃了曾经的自卑、萎靡、悲观、失望。

几年后，迈克尔又有了自己的事业，他的怀里依旧揣着那块翠玉，在他眼里，那是值得他一生咀嚼的人生念想。

一个人，一旦拥有了支撑生命的念想，属于他的生命时光就一定会玉色葱茏、绚丽多彩、莹澈透亮。

人生不只为“畅销书”

◎王　纯

看了一个故事，是说有个作家，很喜欢写小说，但是他写出的小说无人问津。后来，他从为女儿做午餐中得到启示，写了很多食谱。让他意想不到的是，他的食谱书成了畅销书。

这个故事带着励志的色彩，告诉我们，让思维转个弯，换一条路就有可能成功。这里所谓的成功，就是书畅销了，收获了名和利，比起原来写小说的默默无闻，他的人生翻天覆地，收获了惊喜。我想说的是，人生不只为“畅销书”，还有很多事比“畅销书”更重要，更有价值。

人生苦短，做自己喜欢的事才最重要。虽然很多人用功利的标准来评价人的成功，以为所谓的“首富”“名人”等都是成功人士，但人生的成功与否，真的不在于别人的评价，而在于自己内心的感受。如果你放弃了自己喜欢的事，去追求世人向往的名利，即使到头来有所收获，你的人生也是有缺憾的。

我的一个文友，一直以写作为生。虽然他有条件去做别的事，也有可能赚到更多的钱，过上更富裕的日子。可是，因为喜欢写作，他乐此不疲地写着。他把写作当成一种享受，他说：“灵感像蝴蝶一样纷飞而来之时，人简直进入了妙境，觉得自己无所不能，可以在文字里纵横江湖，自由驰骋，有什么比这样更愉快？”我知道，他的生活一直很清苦，但因为心中有热爱的事可做，他的人生是丰盈而多彩的。他可能一生都不会出“畅销书”，但有什么关系呢？收获了满足而丰厚的人生，远远比畅销书更有意义。等到他白发苍苍的时候，翻阅自己写过的喜欢的文字，一定会无比欣慰。

做自己喜欢的事，远比追逐名利更重要。我一直觉得，“喜欢”是个带着温暖和幸福色彩的词。因为喜欢，所以乐而忘忧，所以沉醉其中不知归路。喜欢因人而异，所谓“子非鱼，安知鱼之乐”，不要管别人如何评说，尊重自己内心的意愿，选择自己想要的人生，这才是最有价值的。

记得有这样一个故事：一位大哲学家带着孙女在草地上放风筝，两个因不快乐而经常失眠的人找到他，问道：“如何才能获得幸福？”哲学家淡淡地说：“做你喜欢的事！”说完，又带着孙女去放风筝。做你喜欢的事，就能获得内心的从容安宁，从而得到幸福和满足。

还有一位朋友，在事业发展顺风顺水的时候，突然选择退隐，去过自己想要的“房前栽花，屋后种树”的田园生活。他说：“我从小就有一个心愿，过一种自己喜欢的日子，养养花，种种草，看看夕阳，赏赏流云，觉得那样惬意自在，赛过神仙。”虽然他的事业再也没有大的发展，但他做着自己喜欢的事，非常快乐。

做自己喜欢的事，也可能收获一份意外的财富。比如，故事中说的写小说的作家，还有我的那位文友，如果一直坚持写下去，只为自己喜欢，这样的写作状态很容易渐入佳境，也许有朝一日，他们写出的作品真的成了“畅销书”。但这些只是因喜欢而得到的“副产品”，有，当然高兴，没有，也不要紧。

人生匆匆，不能只为“畅销书”而活。遵从自己的心愿，做喜欢的事，活出真正的自我，人生才是快乐幸福的，没有遗憾的。

与这个世界庄重相待

◎马　德

一

这个世界，没有谁缺了谁就活不了。那些说过活不了的人，最后都活了下来。一切都将会过去，它的另一个意思是：一切都将被忘记。哪怕，当时痛到死去活来的人，也不过是上一刻为那个人死去，下一刻还得为自己活过来。

忘记过去，不是绝情。这个世界，没有谁注定必须是谁的谁。放对方去吧，从此，一刀两断。马踏岚烟绝尘去，就像曾经烟柳画桥翩然来。因为，要想过下去，必须得让过去过去。然后，未来才能到来。

也许，注定要有一个人从自己的生命中路过。再绚烂的烟火，也只能绽放于一瞬，一念绚烂，一念寂灭。让路过的人赶紧走，好腾出地方来，让该来的人，马不停蹄地来。

二

无论你是一个多么爱开玩笑的人，也不要跟一个很认真求你的人嬉皮笑脸。

当一个人把尊严拿出来的时候，他所渴求的，是这个世界能以庄重相待。哪怕是，庄重地拒绝。

庄重地被拒绝，还可以心怀庄严地敲开另一扇门，而玩笑地拒绝或者唐突地敷衍，则会让这个人在下一扇门面前，涌起万千悲伤。

没有比一颗求人的心更脆弱的了，没有比一颗求人的心更容易跌落在人世的寒凉里，别人或许觉得微不足道，于他，却已倾尽了全部。

求人，就是把灵魂撕扯出卑微来，给别人看。这时候，任何的轻慢和嬉笑，任何的忽略和漠视，都会被理解为一种姿态，一种居高临下的威仪，或者一种高高在上的遥远。

这是一段被敏感的心放大了的距离。一个求人的人，已然低到尘埃，只有尊重这份敏感，才会触摸到他们背后的尴尬、无奈和苍凉。

三

有些尖锐的事，拖一拖就不是事了。当你不刻薄的时候，也就渐渐看不到对方的刻薄。

针尖对麦芒，不必立刻去分出输赢。立刻之间，没有双赢，只有两败。但退一步，麦芒会转了方向，针尖会敛了锋芒，拖一拖，未必会另见江山，却能翻转心底的乾坤。

好多事，回过头看，其实没必要那么激动。或者，换一个角度看，也许跟自己没多少瓜葛。但当时把自己放在那里，便急一回，怒一回，吵一次，闹一次，之后，便又进不是，退不是。好多的被动，都源于当时自己太想主动。顾及的太多了，陷进去的就容易多。

退一步，未必就懦弱无能。有时候，退两步，退好多步，也未见得会损失多少。但一味针锋相对，则容易把自己搞到四面楚歌。而且，看起来，好像跟谁都合不来。

刚烈勇猛，宁折不弯，可以是一种人生态度，但绝不能成为人生的全部。不吃眼前亏，就意味着把更大的得放在了岁月的远处。和顺的生活，需要自己活到柔软。

有时候，适时示弱比一味逞强，更能让人生开合自如，张弛有度。

四

人自身的灾难是活得越来越不像人了。

譬如，以前说人话不办人事。现在除了不办人事，连人话都懒得说了。

彼此都不屑，是因为觉得彼此都不配。缺乏相互尊重，不是活在了物质里，就是活在了自我里。没有崇高的信仰不可怕，可怕的是连基本的道德约束也不够。

精神庸俗自会道德沦丧。人在精神天地里，如果只剩下了欲望崇拜，这天地就会变小、变暗、变萧索，甚至会黑到没有一点儿星光。

唯我独大的人，是看不到自我猥琐的，当然了，也不会在乎别人猥琐。最大的沦陷就在这里，因为什么都不在乎了，所以才什么也不是了。

人性往崇高处进化需要成千上万年，而动物性的生发只需一瞬间。也就是说，要活成一个大写的人，看起来是要打败另一个自己，其实是与岁月的一场持久的抗衡。

人的灾难本质上是人性的灾难。好的人性不需要什么怡养，能懂得坚守，便是最体面的胜利。

读 地

◎黎武静

阅读脚下这片土地，是件有趣的事情。

向东去，便有以“豫让桥”命名的批发市场。当然，还有一座坚韧的豫让桥。

一个人，一座桥。年幼时便读过那个吞炭、涂漆、自毁容貌、掩饰形迹来复仇的故事：豫让为了报答智伯曾给予的光芒，千方百计地要杀掉那个用智伯的头盖骨做饮具的赵襄子。一次不成，二次不中，在自毁容颜都不能达成所愿之后，他恳求赵襄子脱下衣衫让他刺上几下，以偿夙愿。赵襄子成全了他，豫让拔剑自刎。豫让最后行刺的地方就是豫让桥。

一个人，不止一座桥。同塞万提斯的出生地一样，颇有“六邑争荣”的盛景。每座桥都代表着钦仰和怀念。

一个意义深远的传说，一座古老坚韧的桥梁，一个在历史中远去的人物，留下的是无数后人缅怀的思忆。

“士为知己者死，女为悦己者容。”“臣事范中行氏，范中行氏皆众人遇我，我故众人报之。至于智伯，国士遇我，我故国士报之。”千载而下，依然铿锵有力，掷地有声。豫让是用生命来完成他的理想，生死、成败都已置之度外。爱因斯坦说：“人如果能为自身以外的事物而生存，那么就冲破了生命的开端。”

向西去，便有一个名为赵孤庄的村落，世传为存赵孤之处。文天祥曾吟道：“夜读程婴存赵事，一回惆怅一沾巾。”回首望，这些情义深藏的故事，附着连绵不绝的风声呼啸而过，历史和传说难分难解。踏在这片坚实的土地上，于无声处听惊雷，感慨万千。

再走远一点儿，有张果老山。神话与传奇合而为一，我们只是看风景的人。登高望远，凭栏抒怀。

千年风雨，这里收藏着燕赵的慷慨，一步步走过，如穿行在东周列国的史册，浩浩长卷，波澜壮阔。每一寸土地都有自己的故事，如一本厚重的书册，值得我们一读再读。

那一年穿州越省，登泰山览天下。“荡胸生层云，决眦入归鸟”，登上泰山，走进杜子美的诗篇。

午夜梦回，总是回不去的故乡，千里万里和我梦中相见。一别经年，江南水岸，“杏花春雨江南”，清丽如一瞬相思。

读万卷书，行万里路。读不完的故事，行不完的旅途。

第二部分

给人生加一道花的篱笆

一步之遥

◎陈鲁民

物极必反，世事多变，许多看似完全相反的事，实际距离或许是十万八千里，也可能只是一步之遥，随时都有互相转化的可能。《红楼梦》里的“陋室空堂，当年笏满床，衰草枯杨，曾为歌舞场”“因嫌纱帽小，致使锁枷杠，昨怜破袄寒，今嫌紫蟒长”就是对这“一步之遥”的形象描绘。

生与死一步之遥。

站在悬崖边上的人，向后退一步就是生，往前走一步就是死；手术台上的危重病号，下了手术台就是生，下不了手术台就是死；戊戌变法失败后的谭嗣同，出门躲躲就是生，坐在家里就是死；元大牢里的文天祥，点个头就是生，不服软就是死。在谭嗣同、文天祥看来，信念、气节比生命更重要，舍生取义、慷慨赴死，令人高山仰止。

爱与恨一步之遥。

莎士比亚的《奥赛罗》里，奥赛罗与苔丝狄梦娜何其恩爱，可当奥赛罗听到伊阿古说他妻子不忠的挑拨后，居然亲手掐死了爱妻。茫茫世间，我们见过多少因分手而反目成仇的恋人，刚才还爱得死去活来，转眼间就恨得咬牙切齿，爱得有多深，恨得就有多深。

友与敌一步之遥。

《水浒传》里林冲与陆谦本是好得穿一条裤子都嫌宽的密友，可在高俅的威逼利诱下，陆谦成了卖友求荣的小人，最后阴谋败露，死于林冲刀下。当然，也有化敌为友的，林肯当选总统后，就重用了不少从前的政敌，在他的感召下，这些人后来不仅成了他的左膀右臂，也成了他的知心朋友。

成与败一步之遥。

拿破仑的法军与惠灵顿的联军大战于滑铁卢，势均力敌，不相上下，双方都已筋疲力尽，弹尽粮绝。结果惠灵顿的援兵早到5分钟，就获得了最后胜利，而拿破仑因援兵慢了一步，只能咽下失败的苦果。成与败、胜与负，有时差距很小，谁能再坚持一下就成功了，放弃了就失败了。拳击场上，常以点数多少来论输赢；百米赛道上，冠亚军不过是区区零点零几秒的差距。功败垂成、功亏一篑的事更是数不胜数。

功与过一步之遥。

袁世凯训练新军，逼迫清帝和平退位，开创中华民国，督修铁路，兴办工厂，大力发展实业，废除科举制度，推广免费国民学校，多有建树，功劳不小。可惜，他最后走错了一步，要黄袍加身，称孤道寡，成了开历史倒车的罪人。他本可以成为“中国华盛顿”，却成了窃国大盗，独夫民贼，他本来可以流芳千古的，最后却遗臭万年。而今眼下，那些落马的贪官，当初也都是有些功劳的，有的功劳还不小，遗憾的是贪污受贿、以权谋私，最后成了人民的罪人，座上客成阶下囚。

著名作家柳青说：“人生的道路虽然漫长，但紧要处常常只有几步。”一个人想一辈子都走好，一步也不错，似不现实，关键是把握好那“紧要几步”，尤其是节骨眼儿上的“一步之遥”，千万不能走错，以免多走一步就会乐极生悲，走错一步便转福为祸，“一失足成千古恨，再回头已百年身”。

等

◎张　勇

等的过程是将时间无限拉长的过程，所以，尽管你只是等了一刻钟，却犹如过去了一小时。大多数人的感受，等是痛苦的、难熬的。可一旦等的过程结束，迎来了无限美好，又很容易把等的过程中的种种急迫、焦虑、望眼欲穿统统忘掉，抛于脑后。倘再假以时日，回忆起当初的等，就会觉得是那么美好。

老何是一个能等的人。陈忠实写完《白鹿原》的最后一个字，对妻子说："我得给老何写封信，告诉他小说的事，我让他等得太久了。"陈忠实说的老何，叫何启治，时任人民文学出版社《当代》杂志常务副主编，两人交往已经有二十年了。

1973年隆冬，何启治找到陈忠实并告诉他，自己是人民文学出版社编辑，在西安组稿。读过陈忠实刊发在《陕西文艺》上的短篇小说，觉得很有潜力，这个短篇完全可以进行再加工。所以，想约陈忠实写一部长篇小说。

那时的陈忠实，还只是一个业余作者，没有任何名气，而且根本没有动过写长篇的念头。于是何启治耐心地鼓励他，激励他要树立信心："你一定要写长篇，写出来一定要给我发。"临分手时，何启治言辞恳切地说，"别急，你慢慢写，我可以慢慢等！”

此后，两人就一直联系，并建立了深厚的友谊。十一年后的1984年，陈忠实接待前来陕西组稿的何启治。两人闲聊时，何启治问他：“有长篇写作的考虑没有？”看到陈忠实面露难色，何启治轻松地说，“没关系，你什么时候打算写长篇，记着给我就是了。还是当年那句话，不急，我可以慢慢等!”再后来的一次两人聚面，又说到长篇小说写作的事。这一次，面对何启治的真诚，陈忠实告诉他，自已有写一部长篇小说的想法。初步计划在三年内完成，在此期间请老何不要催问。何启治用力地握着陈忠实的手，说：“你放心，我充分尊重你的创作，保证不给你带来任何压力和负担。”此后的几年里，何启治紧关口舌，守约如禁。每次，人民文学出版社的编辑到西安组稿，他都要委托这些编辑给陈忠实带去问候，但再三叮嘱，只是问个好，不要催稿。1991年的初春，何启治带领一班人马到西安与新老作家朋友聚会。见面时，他对陈忠实说：“我没有催稿的意思，你按你的计划写，写完给我打个招呼就行了。”在何启治“关心”不“催促”的无压力状态下，陈忠实的长篇小说创作十分顺畅，只用了八个月就完成了。最终，和何启治料想的一样，《白鹿原》出版后，一时洛阳纸贵，风行全国，并在1997年12月，获得了第四届茅盾文学奖。

老何的等是对朋友的信任，舒曼的等却是对爱情的坚贞，因为他要等一个小女孩慢慢长大。舒曼年轻时寓居在音乐家维克先生家中，他和音乐家的女儿克拉拉一起弹琴，一起创作，一起举办小型演奏会。当时舒曼十九岁，克拉拉十二岁。渐渐地，年纪小小的克拉拉从心底爱上了爸爸的这位学生，她唯恐舒曼先爱上别人，曾央求他说："请等着我长大。"舒曼后来因为练琴过度损伤了手指，无法再圆自己的钢琴梦了，只好改学作曲。这时候，正在长大的克拉拉安慰他说："让我把我的手指借给你吧。"两个人的感情越来越深，互相离不开了。最终，克拉拉不仅成了舒曼的得力助手和知音，也如愿以偿做了舒曼的妻子。他们在热恋中如此憧憬过："让我们一起来创造如诗如画的生活，我们一起来作曲、演奏，像天使一般把欢乐带给人类。"人们说，在德国音乐史上，这是一对"双子星座"，凡是在舒曼的名字闪耀的地方，也同时映射着克拉拉的光芒。

"等"是一种美好而圆融的人生哲学，是在尽了自己的心意后所付出的一种合理而踏实的盼望和期待。不要急，慢慢来，春耕夏耘之后需等一等，才会有秋天的收获。有了冬天的等，才造就了春天的姹紫嫣红，春色满园。

机遇断想

◎付秀宏

一

台湾一款饮料，品质不错，销路不好。后来，向社会征集销售策略。一对情侣发来电子邮件，说：“饮料包装盒大有文章，不妨印上纯美而传奇的爱情微小说，将饮料更名‘爱她就捧她’。不断征集爱情微小说，每月一换。”饮料公司看到这个建议，仿佛感觉一缕春风吹来，苦心寻找的机遇来了。好一个“捧”字，用爱情捧，用文化捧，用情趣捧！

一时间，吸引了众多青年男女参与，他们边喝饮料边欣赏爱情微小说。很多参赛者，成了义务推销员，饮料销量猛增。

有人说，机遇是可遇而不可求的。但智者创造机遇，愚者等待好运。善于制造场景，有时想要的机会，可能便遇到了。就像饮料公司遇到那对情侣，那是他们赢得财富的“金童玉女”呀！那对“金童玉女”身在恋爱中，情愫美好，感觉真实。这源自消费第一线的声音，决策层怎能不抓住？

机遇的翅膀，总是闪着灿烂的光。这金光，需要寻找，更需要创造，还需要捕捉并不断推演、扩大。

二

有件古董，是真品，可在地摊上摆久了，就像沦落风尘的美人，没了好品质。左等右等，等到一个陶器大师，买走了。很多人惊呼："我看过很多次了，咋就失之交臂了呢？"

智者相信自己的眼睛，愚者在奔忙中变得麻木。有些人，不敢抓住转瞬即逝的机遇，即使天上掉馅儿饼，也害怕被砸死。某些时候，天上掉的馅儿饼，没敢接，掉在地上，又嫌沾上了土，不屑吃一口。于是，迟疑、害怕、端架子占据了内心。

这些人，表面上失掉了机遇，丢失了金钱，本质上缺的是观念，骨子里缺的是勇气，肚子里缺的是见识，行动上缺的是改变！

三

一阵风来了，正指望它不停地吹，可偏停了。没有风的助力，风筝飞不起来。只能托着风筝，等微风再袭来，赶紧快步跑，一瞬间风筝"活"了。

当风筝遇上风，不正像人遇上机遇才会"鲜活"起来一样吗？

机遇，真的能焕发"神采"。风，有时很小，但却管用，只要善于捕捉。卑微者因时刻"托着风筝，等微风袭来"而最先赢得机遇。

最能抓住机遇的，不是学富五车的人，而是那些一直坚持、有敏锐感觉的人。这些人，很多因卑微、困顿而勤奋在第一线，所以眼光敏锐，最先飞扬起来。

拥有灿烂人生，首先要看到机遇。如果机遇来了，你没有准备好，即便拥有再高的智力，也不显智慧。机遇，并不少见，甚至会时时出现。机遇“找”到你头上，若你缺少一种真诚和拼劲，机遇即便来过，仍然会与你说再见。

人的一生中，总会有几个让人铭心刻骨的机遇瞬间，它所指引的魅力，不只是宝贵的财富节点，更凸显出人生品格与追求。

没有“主”的鸡蛋

◎马海霞

我们老家端午节有吃煮鸡蛋的习俗，煮时要在锅里放一百把草、几棵艾，这样煮熟的鸡蛋吃了能治百病。我家养了几只鸡，但鸡蛋都让母亲攒起来去集上卖了贴补家用了，一年之中除了生病能吃到一个鸡蛋外，其余的日子只能望蛋兴叹。

那年，我七岁，上山放羊摔伤了腿，好久都不见好转。母亲见到心疼，对我说，等端午节那天，一定给我煮艾草蛋，吃完保证腿伤痊愈。

可四月初，我家的鸡就得了瘟疫全死掉了，母亲难过得老胃病都犯了。一天，我看见邻居胖婶家的芦花鸡跑到我家，还在我家柴垛里下了个蛋，我伸手就把鸡蛋摸了出来藏在了炕头的柜子里，想等到端午时拔一百把草，割几株野艾，悄悄把鸡蛋煮了给母亲吃。

那时，胖婶刚搬来和我们做邻居没几天，但我却见识了她的厉害，她站在她家院子里怒喊，她家的芦花鸡一天下一个蛋，勤快得很，但今天她却没捡到鸡蛋，八成是芦花鸡跑到别人家下了蛋。胖婶喊着喊着又跑到大门口骂了起来，谁偷拾了她家芦花鸡下的蛋，叫谁烂手烂脚，吃了烂嘴……胖婶的骂声一声高过一声，传到了我家，我使劲捂住耳朵，可还是听得清清楚楚。

母亲把我们兄妹几个叫到跟前，一个个问："谁捡了胖婶家芦花鸡下的蛋了？"我可不敢承认，慌忙说："没有捡到，我连胖婶家芦花鸡长啥模样都不知道。"

母亲把我拉到另外一个房间，低声对我说："胖婶是个苦命的女人，男人死得早，一个人拉扯俩孩子，不容易呀！这鸡蛋是她家生活的指望，如果你拿了，一定还给人家。"

我还是不吭声，母亲又说："交出来吧，我知道是你拿了，因为你这孩子一说谎便脸红。知错就改就是好孩子，你交出鸡蛋，我端午节给你们一人煮一个鸡蛋，还会领着你们去城里玩一天。"

我一听，忙将鸡蛋从柜子里取出。母亲一手牵着我，一手拿着鸡蛋，还端了一瓢白面，去胖婶家赔礼道歉。可胖婶却说，这不是她家芦花鸡下的蛋，颜色不对。母亲犯了难，领着我挨家挨户问，谁家鸡把蛋下到我们家了。

鸡蛋无主，母亲便把鸡蛋放在房梁上的吊篮里，说谁也不能吃，因为不是我家的鸡蛋。端午节那天，母亲没有食言，一大早便煮好了艾草蛋，我们兄妹每人分了一个，我非让母亲咬一口鸡蛋，我说吃了端午的鸡蛋，母亲的胃病就好了。

母亲说她迷眼了，慌忙用手揉，眼泪都揉出来了，揉着揉着母亲又笑了，笑得那么开心、那么美。我对母亲说，那个鸡蛋我是想藏起来给母亲吃的，希望能治好母亲的胃病。母亲听我这么一说，眼圈又红了。

那天，母亲让我给胖婶家送去了三个煮鸡蛋。胖婶推着我的手说："不要，不要。"我把鸡蛋放在她家桌子上就跑了。从此，胖婶像变了一个人，见到谁都笑嘻嘻的，再也没骂过街。

多年后，我才知道，那个鸡蛋就是胖婶家的芦花鸡下的蛋，她是觉得骂了我们那么多难听的话，我母亲非但没有生气，还领着我带着礼物登门道歉，她不好意思了，便说那鸡蛋不是她家的，这样的话，那些骂人的话便不是骂我的了。

母亲明白了她的心思，所以在端午节那天，送了她三个煮鸡蛋。那是母亲卖掉了她的银镯子换了六个鸡蛋，给我们兄妹三人和胖婶一家三口过了个端午节。那个银镯子可是母亲的祖母留给她的"传家宝"。

那个吊在篮子里的鸡蛋，直至坏了，母亲也没让我们吃。

我 愿 意

◎薛　峰

黄国伦毕业于交通大学管理科学系，在做了一年多朝九晚五的上班族后，有一天自问："这就是以后我要过的人生？你到底爱什么？你敢去做吗？"不久，他毅然辞去工作，决定全身心投入自小喜欢的音乐中去。当他把决定告诉父母时，父亲愣了一下："你确定吗？"他说："确定。"爸爸说既然你确定了，那就支持你。随后父母给了他一个圆梦的时限，因为你不能一辈子都做白日梦，这个时限是四年。

在接下来的几年里，他一无所有。他在树林小镇租下一间小房子，借了一大笔钱，买了一些昂贵的乐器，每天奋力想写出一首"惊世"的作品……但没有人理睬。那时，他常骑一辆破旧的"老野狼"，送歌给唱片公司听，而大部分都没有下文，他没有收入，前途渺茫，受到的打击很大。

在他快拼不下去之时，他回家跟父母说他做不了了。但父亲却说："四年还没到，不能放弃。"他们鼓励他继续往前走。

就这样，在第四个年头，他创作出了歌曲《我愿意》，这首流行歌曲让王菲唱红，不仅成为华语乐坛的金曲，还是极少数被翻成多国流行音乐的经典之作。《我愿意》让王菲成为华语乐坛

“天后”，也让黄国伦成为最受欢迎的音乐制作人之一，乐坛的顶尖歌手张学友、张信哲、辛晓琪、范晓萱、王力宏、古巨基、庾澄庆、许志安、苏永康都唱过黄国伦创作的歌曲，他也曾因《半生缘》获得台湾金马奖最佳电影歌曲奖，与李宗盛、罗大佑齐名。

当被问及“家风是什么”时，黄国伦表示他的家风很开明、很自在，他感谢父母支持他的梦想，否则很多经典华语情歌都不会诞生。他还感慨：“好像从《我愿意》这首歌开始，就打开了一扇门。当你对世界说我愿意、对爱说我愿意的时候，其实你整个人就进到了你的梦想世界。”

黄国伦的成功经历很励志，但他对“我愿意”的感慨更打动我。“我愿意”，多么美丽的三个字，温暖而坚定，贴心而柔软，从嘴中轻轻地说出来时，给人带来一种天地一新的震撼和力量。因为它融入了巨大的温柔与渴望，是一种承诺、一种坚持、一种对梦想的追求。

面对婚姻，当你说“我愿意”时，那就意味着你永远爱她、安慰她、尊重她、保护她，不论她生病或是健康、富有或是贫穷，始终忠于她。

面对学业，当你说“我愿意”时，那就意味着你有信心和勇气去面对可能遇到的辛苦、煎熬、寂寞和黑夜。你要懂得任重道远，要明白勤能补拙，要做到即使失败也不放弃。

面对生活，当你说“我愿意”时，那就意味着你可以接受种种挑战，你可以品尝到生活的甜蜜，看花红柳绿，也可以跌入人生的低谷，遭雷鸣暴雨，但你依然坦然处之，心中热情不减。

面对梦想，当你说“我愿意”时，那就意味着你的心已经上路了，在筑梦的道路上，你要不惜容颜、不计辛苦，在年华的流逝中搭建起梦想的世界，无论遇到任何变故，都不改初衷。因为你已经对梦想有过承诺，不能放弃……

“我愿意”有巨大的能量，简短的三个字，代表了一生的承诺。“我愿意”是一种宣誓，融入了宽容、忍耐和坚持。所以，在选择的十字路口，当你没做好准备的时候，不要随随便便说“我愿意”。

知止者智

◎黄建如

闲来读史，一则小故事令我感触颇深。

故事的主人公是东汉著名经学家马融。马融准备给《左氏春秋》作注，但他听说已经有贾逵、郑众两人作注在先。于是，马融找来阅读。仔细读过之后，马融觉得自己不适合给《左氏春秋》作注，他这样评价说，贾逵的注本精深而不广博，郑众的注本广博而不精深，要做到既精深而又广博，就凭我个人的水平，又怎能超过他们呢？因此，他打消了给《左氏春秋》作注的念头，转而去写《三传异同说》，随后为《孝经》《离骚》等书作注，后来成就斐然。

在我们从小所接受的教育中，无论是父母、老师，总是教育我们要积极进取、迎难而上，生命不息、奋斗不止。的确，进取是一个人走向成功必须具备的一种精神。那么，是否人生的一切事情，只有进才能成功呢？其实不是。止，有时也是成功的重要因素。如果说，进，需要的是一种勇气，那么，止，需要的却是一种智慧。马融的适时放弃，不仅需要勇气和胆识，更需要过人的智慧和远见。

老子《道德经》云："知足不辱，知止不殆，可以长久。"

只有认识到过分的欲望追求带来的后果并及时反思自己的行为，才能获得长久的富足和安乐。“知止”不是教人不思进取、安于现状，而是教人当行则行、当止则止。奋发有为的人生，理应进取有度，收放自如。正是因为马融懂得“知止”，他才有精力去做更有意义的事，进而收获属于自己的别样人生。

可惜，在现实生活中，不懂得“知止”者大有人在。

有些人，与人产生了纠纷，本来是很有理的，可是因为得理不饶人，不懂得适可而止，反而让人反感；有些人，很有才华，却恃才傲物，遭人忌妒，往往无故受敌；有些人，赚了钱发了财，喜欢炫富，结果招人眼红，引来杀身之祸；有些人，在商界打拼多年积蓄了一定实力，却盲目扩张，妄想一口吃成个胖子，结果资金链断裂，血本无归；有些人，大权在握，却禁不起金钱美色的诱惑，贪婪而不“知止”，最终锒铛入狱，落得“如蛾扑火，焚身乃止”。

生命的艺术，不在于一路狂奔，而在于有走有停。功成名就固然重要，但不要舍本逐末，过度追求某些东西，而忽视了人生的其他环节。

如果懂得知止，将熬夜的时间用来休息，或许年轻的生命就不会被病魔夺走；如果懂得知止，将寻求刺激的热情多放在妻儿和家庭上，或许原本快乐的家庭就不会支离破碎；如果懂得知止，将拼命赚钱的精力多放在“常回家看看”上，或许就不会“子欲孝而亲不在”；如果懂得知止，对名利问题多一些淡泊，对进退得失多一些坦然，就不会患得患失、盲目攀比、贪得无厌，以致违法犯罪、身陷囹圄。

知止是大智。一个人只有时时、事事、处处知止而为、行止有度，才能成功、平安、快乐。

见微知著的智慧

◎张　雨

《韩非子·喻老》里有个“纣为象箸”的故事：纣王做了双象牙筷子，箕子感到恐惧不安，认为象牙筷子必定不能放到泥土烧成的碗、杯里去，必然要使用牛角、玉石做成的碗、杯；就必定不会吃豆饭、喝豆汤，必然要吃牦牛、大象和豹子的幼胎；就一定不会穿着短小的粗布衣服站在茅草屋底下，必定要穿多层华美的锦衣，铸造高大壮观的宫室。箕子害怕如此结局，所以恐惧这样的开始。

果然不出箕子所料，过了五年，纣王建造了用肉食装点的园子，设置了烤肉用的铜格子，登上酒糟堆成的山丘，面对注满美酒的池子……纣因此而灭亡了。

箕子从纣王的一双象牙筷子就预见商朝的灭亡，这在当时听起来肯定有些让人难以置信，然而历史证明了他的远见，后人不得不佩服他见微知著的智慧。

苏轼与好友谢景溢结伴郊游，两人边走边谈，甚是高兴。突然，一个东西从树上掉了下来，两人定睛一看，原来是只受伤的小鸟。苏轼凑过去刚想伸手将小鸟捧起来，谢景溢却抢先一脚把小鸟踩死了。“兄台何必为一只惊吓了我们的飞禽耗费心思，走吧！”两人继续前行。谢景溢仍然眉飞色舞，高谈阔论，好不潇洒，而苏轼却面色凝重，只是偶尔应付两声，全然没了先前的兴致。

郊游回来，苏轼便与谢景溢断交。有朋友问他何以至此，苏轼语出惊人：“轻贱生命之人，不可为交。”朋友不信，以为另有隐情，苏轼却正颜说道：“若此人得势，定不会把别人的生命放在眼里，定会做出损人利已、祸国殃民的事来。”朋友将信将疑。

多年以后，谢景溢果然成为一代奸臣，杀戮无数，苏轼也险遭毒手。时人叹苏轼见微知著的本领。

明朝有个叫万二的商人，也有通过小事来预见将来的智慧。

洪武初年，朱元璋江山刚刚坐定，有一回，万二的一个同行去京城办事，回来后说皇帝最近写了首诗：“百官未起朕先起，百官已睡朕未睡。不如江南富足翁，日高五丈犹披被。”这首诗的前两句是形容自己勤政为民，后两句是羡慕江南富豪的生活状态。一般人听了，不会产生任何联想，但万二听出了言外之意，他感叹道：“征兆已经显露出来了！”于是，他把家产托付给奴仆掌管，自己买了大船，载着妻子儿女泛游湖湘而去。一年以后，朱元璋下令将江南大族的家产全部没收入官，很多富翁被流放充军，但万二却因早就预见到了灾祸而得以善终。万二称得上是明智之士。

万二有这种先见之明，不是因为他有神机妙算之能，而是因为他能见微知著，通过细节来判断事物的发展趋向，并做出有利于自己的选择。一叶落而知天下秋，世间万物都不是孤立的，都是有联系的，蝴蝶效应处处都存在。

细节，看起来微不足道，但很多时候，从这些微不足道的细节，可以折射出事物的发展和变化。识人、识事，固然应从大处着眼，但切不可忽视细节。正可谓：细枝末节，时见闪光之点；点滴毫末，总有端倪可现。

借　脑

◎宋守文

人的生命是有限的，精力是有限的，才能也是有限的，不可能样样精通，要想弱势变成强势，除了做好适合自己的那份工作以外，还要学会借脑。前车之覆，后车之鉴，借鉴人家的经验和教训，绕过人家走过的弯路，借助别人的智能获得成功。

小鸟嘴叼一根树枝，累了，就把树枝放在水面上休息，借助树枝的浮力，终于飞过大西洋，展示了借势着力、顺势成功的魔法。

翅膀单薄的蜻蜓，因为善于借助季风的推力，顺势而为，借力飞翔，飞越数千公里的茫茫大洋，创造了令人类望尘莫及的飞翔神话。

借脑，就是巧妙利用他人的智慧、资金、信誉、经验等条件来帮助、提升、完善自己，做最好的自己。

发展，不可万事不求人，该求人时还得求。善借他人之力，是发展的有力武器。世上最聪明的人，是会借用别人撞得头破血流的经验作为自己经验的人，世上最愚蠢的人，认为只有自己撞得头破血流的经验才叫经验。

有个男孩跟妈妈到杂货店买东西，老板看他很可爱，就打开糖果罐，要他自己拿一把。男孩没拿，老板就亲自抓了一大把糖放进他的口袋。回到家，妈妈好奇地问："为什么自己不去抓而要老板抓呢？"男孩说："因为老板的手比较大，所以他拿的一定比我拿的多很多！"

男孩知道自己的手小，也知道大人的手大，适时地依靠他人的力量来达到自己想要的结果，这种借力就是一种智慧。成功的金字塔，单靠个人的力量是建不成的，个人的智慧是有限的，这就需要巧妙地借助他人的脑和手，进行支撑与碰撞才能看到金碧辉煌。

水懂得借势，方能因势而流，顺势而下；人懂得借力、借脑、借势发挥，只要心无旁骛、好好把握、乘势而为，就能快速到达成功的彼岸。

现实生活中，常和谁在一起的确很重要，这甚至能改变你的成长轨迹，决定你的人生成败。与智者同行，你会不同凡响；与高人为伍，你能登上巅峰。

母黑雁择邻而居，把家建在猛禽雪鸮的巢穴附近，当北极狐来袭时，雄雪鸮从天而降，绝不允许北极狐靠近它的巢穴，母黑雁借力静观其变，让邻居担负起抵御入侵者的重任。知人者智，自知者明。遇到强大的对手，与其无效反抗，不如借力保护自己。

常和优秀的人在一起，就可能出类拔萃；常和快乐的人在一起，嘴角会常带微笑；常和诚信的人在一起，就知道恪守诚信；

常和感恩的人在一起，就懂得感受幸福；常和阳光的人在一起，心里就不会阴暗；常和进取的人在一起，行动就不会落后；常和大方的人在一起，处事就不小气；常和睿智的人在一起，遇事就不迷茫；常和勤奋的人在一起，就没空去偷懒；常和积极的人在一起，就没有时间消沉、颓废、沉沦；常和聪明的人在一起，你做事也慢慢变得机敏、睿智；常和具有高贵思想的人在一起，你就不会低俗。

借用别人的智慧充实自己，不用别人的智慧贬低自己；借用别人的成功激励自己，不用别人的成功折磨自己；借用别人的错误提醒自己，不用别人的错误宽容自己。

迟做总比不做好

◎胡春华

2015年5月13日这天，英国《卫报》网站报道了一则题为《90多岁老人在开始攻读学位76年后终于毕业》的消息。这位老人叫安东尼·布鲁托（Anthony Brutto），在他九十四岁高龄的时候获得了由西弗吉尼亚大学颁发的“评议会特设文学学士”的学位。一般的学生攻读学位只需要三到四年的时间，这位老人为何要经历七十六年的漫漫长路呢？其实，这位老人早在1939年就进入了这所学校学习，那时的他正是一位风华正茂的年轻人，当时的学费只需五十美元。

当时的他攻读的是工程专业，可是当美国进入二战后，他应征入伍成了一名陆军航空兵，开始从事飞机维修工作。他离开学校后并没有停止对知识的追求，他利用自己学到的工程技能潜心研究新领域，逐渐掌握了制造和修理轰炸机的技术。1946年，战争终于结束了，这令他兴奋异常，他终于可以去完成自己的学位了。他像是一个新入学的大男孩，怀着一颗忐忑的心重新踏入了学校的大门。可是这一次，命运又跟他开了一个玩笑，他的妻子突然身患重病，需要他的照顾，于是他不得不离开学校。多年后，步履蹒跚的他终于可以再度求学了，于是他向母校专为中老年学生设立的“评议会特设文学学士”学位计划提出了攻读申请。他凭借着内心对知识的渴望和坚韧的毅力，终于在2015年5月9日这天荣获了美国西弗吉尼亚大学的文学学士学位。

无独有偶。在英国，有位老翁曾在2012年以九十一岁的高龄获得了硕士学位，这是他在退休二十五年后获得的第三个学位。早在1985年和1988年，以他当时年近七十的年龄分别获得了英国开放大学的心理学学士学位和分子生物学理学学士学位，他的名字叫格拉德温。

如果回顾格拉德温的求学道路，你会发现他的求学生涯是十分坎坷的，你还会惊奇地发现他在年少时竟然是班里的“差等生”，一个成绩平平的孩子竟然会在步入老年时蓦然回转，孜孜不倦地耕耘在知识的热土上，这或许就是知识给人类带来的魅力和新奇吧。

格拉德温在十四岁那年还是一个豪放不羁的少年，他那时比较贪玩，无法把全部精力放在学习上，因此被老师安排到“非重点”的班级。这对年少时的他来说是一件很伤自尊的事情，他逐渐变得自暴自弃，丧失了对学习的兴趣。无奈之下，他决定离开学校，到社会去闯荡。

年轻的他踏入社会后的第一份工作是杂货派送员，他每天从日出到日落骑着单车穿梭在英国的大街小巷，不分严寒酷暑地派送着那些数不清的货物。有很多客户都会用奇怪的眼神看着他，惊诧这个年轻英俊的孩子为何过早辍学。他能回答客户的，只是一个尴尬的微笑，他还能说些什么呢？

在社会上飘荡的这些年间，他日渐感受到了知识贫乏的可怕，他有时会感觉自己的大脑像一片荒芜的原野，贫乏至极。他参加同学聚会时，竟然无话可说，因为他的思想空洞，对别人涉猎的领域一无所知。他告诫自己，是时候该静下心来学点儿东西了，他可不想成为一个白痴。

在一个偶然的机会，他接触到了无线电行业，这门陌生的技术激发了他强烈的兴趣，他开始疯狂地学习这门知识。经过数年的刻苦钻研，他掌握并精通了这门技术，成了外交部情报局的一名无线电通信工程师。在他十九岁时，成了二战时期英国皇家空军信号员，被派遣到中东战场。战争结束后，他重返祖国，受聘于外交部，负责保持军情六处的全球通信连接。

在他六十多岁的时候，突然产生了要回到大学继续学习的想法。他感到知识的海洋浩瀚无边，那些未知的领域无时不在召唤着他。在妻子的大力支持下，他连续获得了两个学位。当他开始攻读硕士学位时，已经年近九十了。他永远也忘不了第一天上课的时候，他竟然像一个青春懵懂的大男孩，脸上挂着羞涩的笑容；忘不了他居然在校园里迷了路，二十分钟后才终于找到上课的教室；也忘不了他第一次接触电脑的时候，久经沙场的老将竟被一台电脑折腾得狼狈不堪满头大汗，常常因自己的操作失误而删掉了辛辛苦苦写好的文章，这令他万分沮丧。但是，他从未在困难面前退却，而是直面各种挑战，终获全胜。

格拉德温说：“活到老，学到老。能一辈子坚持学习，让整个过程更为享受，这是我的荣幸。”他刷新了英国接受高等教育的最年长纪录，他甚至还打算继续攻读博士学位。

学无止境，在求学的道路上是不拘于年龄和环境的。只要你想学，再晚的开始也不算晚。迟做总比不做好。

享受平淡的生活

◎蔡建军

人生如水，有激越，就有舒缓；有高亢，必有低沉。不论是绚丽还是缤纷，不论是淡雅还是清新，每个生命必定有其独自的风韵。人生一世，即便能够轰轰烈烈，也不会持久，平淡是最后的绝唱。平淡的人生好比是一杯浓淡相宜的茶，人生真味尽在其中。其实，一切皆便，没有一样东西能永久占有。有了这一份超脱，我们才能够从容地享受人生，品味平淡的幸福生活。

《黄帝内经》中讲“恬淡虚无”，即心灵世界的平淡宁静、乐观豁达、凝神自娱。杨绛曾说，人间不会有单纯的快乐。快乐总夹带着烦恼和忧虑。“人要是战胜不了孤独，就摆脱不了世俗。”在她身上，人们品味出了家的温馨、人性的温暖、书香的安宁。杨绛先生钟爱蝴蝶兰，她本人也如同兰花般清淡、高雅。她经历过很多人世变故、天灾人祸，但她总能本着一份处乱不惊的乐观心态安然度过。简朴的生活、高贵的灵魂，令人动容，感动至极。这才是人生的至高境界。

平淡的生活，有时候我们需要承受淡淡的孤独与失落，承受挥之不去的枯燥与沉寂，还要承受遥遥无期的等待与隐隐的痛。但走出阴影阳光灿烂，挤过狭缝天地宽阔。人生的意义，也深深蕴含于平凡与执着的生活之中……

别人的幸福，往往轻易就被我们发现，并成为诱人的风景。但是，却不一定适合我们，因为每个人的经历、能力、心境、成长背景，都不尽相同。如果不身临其境，就不会明白个中甘苦。做好自己比羡慕别人，要管用耐用得多。

“人生不在初相逢，洗尽铅华也从容。年少都有凌云志，平凡一生也英雄。”如果我走在崎岖的小径上，我就从崎岖小径的角度去欣赏它；如果我走在林荫大道上，我就从林荫大道的角度去品味它。我不认为林荫大道就优于崎岖小径，一旦你真正了解生命的意义，事物就没有好坏之别。得而不喜，失而不忧，内心宁静，则幸福常在；成而不骄，败而不馁，心灵和谐，则快乐长存。

霍华德金森曾以“幸福的密码”为题在《华盛顿邮报》上发表了一篇论文。在论文中，霍华德金森详细叙述了两次问卷调查的过程与结果。论文结尾，他总结说：所有靠物质支撑的幸福感，都不能持久，都会随着物质的离去而离去，只有心灵的淡定宁静，继而产生的身心愉悦，才是幸福的真正源泉。

读了这篇论文之后，读者纷纷惊呼：霍华德金森破译了幸福的密码！这篇文章，引起了广泛的关注，《华盛顿邮报》一天之内六次加印！

古希腊哲学家伊壁鸠鲁说：“幸福就是身体无病痛，灵魂无纷扰。”快乐不是奢侈品，而是人类的维生素。醉眼看花花也醉，冷眼观世世亦冷。你笑世界笑，快乐源于心乐，你的态度决定了你的境遇。万念皆心生，心浮则气躁，心静则气平。有些人，有些事，只能淡淡存放，幽幽隐于岁月。人生看淡了不过是无常，事业看透了不过是取舍，爱情看穿了不过是聚散，生死看懂了不过是来去。何须杞人忧天、庸人自扰？一个人的一生，有轰轰烈烈的辉煌，但更多的还是平平淡淡的柔美。

简单地生活并不是漠视所有，而是有所为有所不为；并不是对人生的轻率无知，而是有责任敢担当；并不是肤浅地享受人生、游戏人生，而是要学会加减乘除，懂得什么是幸福快乐的真谛。

精彩是人生的点缀，平淡是生活的主线。做人讲人格品德，做事讲职业道德，做官讲从政官德，这样才会有属于自己的幸福人生。这也是对那一份平淡生活的执着坚守！

幸福和平淡，平淡与从容，从来都在一起。应该珍惜真实的平淡生活，热爱常态的平淡生活，享受幸福的平淡生活。最美的人生，是那种蓦然回首一笑置之的淡然，享受平淡真水无香的坦然！

“三不”娃娃悟道

◎李祺言

偶遇一套彩色陶泥“三不”娃娃，甚是喜欢。乡村田园风格，活泼的造型，憨朴的神态，手工捏制的痕迹，都令我爱不释手。三个娃娃的动作充满了童真，一个遮眼，一个堵耳，一个捂嘴，即不看、不听、不说，故称“三不”娃娃。

据说这个“三不”娃娃与我国古代的守庚申习俗有渊源。中国道教认为人体中有作祟之神三种，叫三尸虫。《太上三尸中经》记载：三尸虫“为人大害。常以庚申之日上告天帝，以记人之造罪”。为了防止三尸虫殃人，逢庚申之日，夜晚不卧，守之若晓，这就是古代的守庚申风俗。后来守庚申的风俗传到日本，人们取三尸虫之数——三，庚申之申的属相——猴，绘出三猿图像。画面上猴子蒙眼、捂耳、掩口，就是针对防三尸虫在天帝面前进谗言而绘图的。这就是《三猿像》的由来。

《论语·颜渊》记载：“颜渊问仁。子曰：‘克己复礼为仁。一日克己复礼，天下归仁焉。为仁由己，而由人乎哉？’颜渊曰：‘请问其目。’子曰：‘非礼勿视，非礼勿听，非礼勿言，非礼勿动。’颜渊曰：‘回虽不敏，请事斯语矣！’”故事的意思是说，所谓“克己复礼”应该怎样理解呢？孔子回答说：

“非礼勿视，非礼勿听，非礼勿言，非礼勿动。”《三猿像》的经典动作就是取自孔子的这句话。

由此推理，“三不”娃娃该是当代的卡通变体，符合现代人的审美标准，原型应是“三不”猿。那么，我们不禁要问：不看、不听、不说是否就意味着闭目塞听、噤若寒蝉呢？当然不是！这里的“三不”充分体现了感官的选择功能。

不听，该是不听信谗言，不听信谎言，不听信谣言；逆耳忠言要听，善意的劝诫要听，殷切的嘱托要听。

不看，该是不看阴暗面，不看肮脏场，不看权富相；要看光明，要看清白，要看坦荡。

不说，该是不说假话，不说脏话，不说是非话；真话要说，礼貌话要说，促进友善的话要说。古有训诫：“良言一句三冬暖，恶语伤人六月寒。”“静坐常思己过，闲谈莫论人非。”

从“三不”娃娃那诙谐的表情中，透露出了洞悉事理的轻松姿态，也有不屑理会的逍遥自在。它们淋漓尽致地表现出谨慎善为、与世无争的性格特点，表现出超然处世的思想境界。《老子》言：“视之不见名曰夷，听之不闻名曰希，搏之不得名曰微。此三者，不可致诘，故混而为一。”这是道家所倡导的一种修炼心性、独善其身的境界，后世称之为“希夷境界”。

可爱俏皮的“三不”娃娃，映出了儒道之间的融通与默契，细细揣摩领悟，当对我们有所启迪。

给人生加一道花的篱笆

◎王继颖

盛夏，全家去吉林省大山深处，迷了几次路才找到一个小村庄。那是八十多岁的老公公阔别多年的故乡。村外公路狭窄，一家又一家石头加工场白烟升腾、机器轰鸣。村里房屋低矮，住户稀疏，才下过雨，蜿蜒的土路泥泞。村中只有一户远房亲戚，亲戚家两个男人，老父亲几年前出了车祸，行动依靠拐杖；壮年的儿子新近被石头砸伤脚，走路一瘸一拐。

落脚村中，回想高速上驱车进入东北境内，一路天蓝云白，植被茂密的群山绵延起伏，线条优美的绿意润泽无边，强烈的反差冲淡了心中的亢奋。

东北归来，却常常记起那个小村，因为一张模样模糊的笑脸，一道鲜花盛开的篱笆。笑脸是亲戚邻居的，瞬间一瞥，匆匆交谈，加上初见的腼腆，没细辨他的眉眼。他家院落并不宽敞，院子东西是别家的石墙。院子北面，繁花似锦的各色六月菊，密密麻麻交织成两道五彩缤纷的花篱笆。两道花篱间，藤条弯成的月亮门，缠绕着凌霄的绿叶红喇叭。月亮门向外的路两边，妖娆着数不清的粉紫大丽花。繁枝茂叶的绿背景，烘托出成千上万朵绚丽的花。主人大概常浇水喷洗，所有的花都清丽明净，如刚沐浴过的婀娜女子。

邂逅这么多美艳动人的花，我欣喜驻足，看不够，就用手机拍。一张笑脸从月亮门里迎出来，朴素、热情又亲切的笑脸。迎出来的是个五六十岁、中等身材的男人。

“你们是远道来的吧，去老钱家？”他望着前面老公公的背影，指着近旁一户人家。

我的心全在花上：“这么多花儿，太漂亮啦！全是您养的？”

“是啊，每年都养，习惯了。花儿也一年比一年好看。要是喜欢，走的时候捡大朵的，摘些带回去。”男人语调不高，温和的声音里透着亲切。他含笑看花的眼神，像是在看自己的一群美丽的女儿。

从亲戚家出来，我又驻足流连天然篱笆上的花。男人还站在月亮门外，依旧一张朴素的笑脸相迎：“看哪朵好看，尽管摘，回去插花瓶里，也能开几天。”

我没带走一朵花儿，那绚丽缤纷的花篱笆，洋溢着美丽温和的芬芳，在我记忆里扎了根。这花的篱笆，总让我默诵起陶渊明的“采菊东篱下，悠然见南山”，联想到老舍的“青松作衫，白桦为裙，还穿着绣花鞋……”虽生活在石粉包围的偏远山村，因为这鲜花盛开的明媚篱笆，男人平凡的日子和生命，一定不缺少希望和滋味儿。

归路上，我们绕道丹东，坐船游鸭绿江。在中朝交界的水域，皮肤黝黑的朝鲜老乡驾着简陋的小船靠近游艇，售卖烟酒等物品。交易结束，朝鲜老乡望着游客们，指指自己的嘴和肚子。导游解释，他饿了，哪位游客有吃的喝的，可以送他一点儿。游艇上很快伸出两只纤细白嫩的手，那是一双年轻女子的手，左手一袋煎饼，右手两个鸡蛋。女子的身姿和脸庞隐在人群中，却不妨碍她那双送出关切的手定格成永恒的镜头。这女子送出的善意，宛如大山深处鲜花的篱笆。

鲜花的篱笆，又与一段视频关联起来。那是几年前一个文艺节目的片段，至今还在被人们转载。拾荒歌者幼年丧父，少年外出打工，因贫穷和知识贫乏找不到正式工作，除了打零工，更多的是在城市的垃圾桶前翻找生活。常夜宿街头的他，到中年还未成家，甚至不知自己确切的年龄。但他却一直热爱读书和唱歌，热心照顾朋友的家人。“我一直相信，世界上有很多美丽的东西，我也想成为其中的一部分。”他干净的眼神、纯粹的歌声和绚烂的梦想，编织出的也是一道花的篱笆。我们无法洞悉拾荒歌者的人生，在视频里邂逅，却被他的善良和执着感染，一下子沉静下来，对世界多了敬畏之心。

白驹过隙，忙忙碌碌间，除了至亲好友，我们很难走进更多人生命的院落，也难以邀请更多人走进我们生命的居所。然而，作为世间众生，我们却可以以美好的情趣、温暖的善意，以热爱和执着，为生命加一道花的篱笆，让路过我们生命的人，分享一片明丽、一缕馨香。

折断的树照样开花

◎余显斌

他大学毕业去应聘，却一次次失败。其中，他最看好的一家公司，什么条件都符合，可到了面试时，他却面红耳赤，最终还是落聘了。

他回到家里，一头倒在床上，沮丧极了。

他知道自己为什么会临场慌张，因为他的右手有残疾，小时候得过小儿麻痹，手伸不直，弯曲着。这一直都是他心中难以消除的阴影。

他想，路在何方呢？就在这时，那个公司老总王老板送来一封信。打开，信上是十分潇洒的行书，上面写道："小伙子，我虽没有聘用你，但要告诉你，有一点儿残疾没什么，那不是你的错。告诉你一个秘密，我也是个残疾者，有条腿是假肢，因此我能理解你的心情。当年，我也像你一样，自卑难过，这时，别人送了我一句话：折断的树照样开花。此后，在这句话的激励下，我一步步走出来，走到今天。现在，我把它送给你吧。"

他读了信眼前一亮，想不到那么大个公司，老总竟然也是残疾人。他想，自己为什么不能放弃自卑彻底抬起头来呢？

他找来一张宣纸，工工整整写下这句话——折断的树照样开花，然后裱好，认认真真贴在墙上。每天出去回来，都轻轻读一遍。他做老师的父亲见了，也不由得夸道：“真有哲理！”他自豪一笑：“当然，不然人家怎能领导那么大一个公司。”

此后，他笑对应聘也笑对失败，更笑对自己的残疾。

在经历多次失败后，他又一次离开应聘现场，面带微笑。这时，那个公司的老总见了，很是好奇，问起他的情况，喊住他：“小伙子，恕我直言，你身体有缺陷，又落聘了，应当很沮丧，却为什么总是一脸微笑，和其他人大不相同呢？”

他淡淡一笑，告诉对方，因为他的心里始终相信一句话——折断的树照样开花。

老总听了，击节称赏，当即决定：“小伙子，你被聘用了，冲着你的那句话，我知道，你可能会失败，但你绝不会被失败打倒。”

他进了公司，从最底层干起。二十多年后，他终于成为这个公司的老总。

他决定去拜访王老板，表示感谢，是他的那句话，一直激励着自己，让自己走出自卑，走向成功。他去了，王老板热情地接待了他。当他谈起当年的那件事，王老板大惊，告诉他，自己双腿很好，没有假肢。

他拿出那封信，王老板看了，连连摇头，惭愧道：“这样的文字，我还真写不出来。”

他拿着信，顿时愣住了。

他想到二十多年前的那个下午，想到父亲拿回信时满眼期望的样子，刹那间，心里彻底明白了。

后来，他在自己办公室里也挂上这幅字。每一次有年轻人应聘时，他都会来到现场，讲这个故事。他想，如果应聘者落聘了，那么就用这句话激励他们；如果成功了，就用这句话告诫他们，将来如何面对事业上的挫折。当然，如果身体和他一样，就送这句话作为他们的座右铭吧。

过好今天明天不会错

◎王国梁

我8岁那年，家里的日子过得很拮据。父亲去外地学手艺，小半年没有回来了。母亲带着我和哥哥艰难度日。那段日子，我们经常吃了上顿没下顿。哥哥在学校里连上学期的学费都没交，如果再交不上就要失学了。

哥哥天天叹气：“妈，我爸怎么还不回来？他挣不来钱，到时候我的学费交不上怎么办？”母亲正在菜窖里忙，她回过头来对哥哥说：“这不还没到交学费的时候吗？到时候就有办法了，过好今天，明天不会错！”我也追在母亲身后问：“妈，今年过年的时候我爸能回来吗？他不回来，我们过年还买肉吃吗？”母亲拍拍身上的尘土说：“离过年还有两个月呢，想那么多干吗？过好今天，明天不会错！”

就这样，母亲用一句“过好今天，明天不会错”鼓励着我和哥哥。我们三个人相依为命，努力把今天的日子过好。母亲让我们给父亲写信，告诉他家里一切都好，让他安心学手艺。

家里有一堆过冬的大白菜，准备卖的。母亲天不亮就起床，迎着呼啸的寒风，用车子载上大白菜去城里卖。她的辛苦，我们看在眼里，所以都特别懂事。我和哥哥在家里，学着照顾自己。哥哥就是在那时候，学会了做饭、洗衣服。都说穷人的孩子早当家，那样的生活经历，真的是一种历练。我也是从那时候起，体验到了生活的艰辛。

我家离火车站比较近，村民们有时去车站做点儿小生意。母亲养了几只鸡，鸡蛋舍不得吃，就全都腌好了，带到车站去卖给过往的旅客。当然，母亲看我和哥哥馋得厉害，也会塞给我们一人一个鸡蛋，只是她自己从来舍不得吃。

当时车站附近有一家工厂，厂子的垃圾中有一些废铁屑。这些铁屑如果拣出来，也可以卖钱。母亲就带上我和哥哥，去工厂边上拣铁屑。那时候正是冬天，我们带着吸铁石，在一堆堆工厂废料中拣着。每个人双手都黑了，脸也成了黑的。有时手指不小心被尖利的铁屑扎破，我们也会忍着疼痛继续干活。

就这样，我们每天都是忙忙碌碌的，而且在忙碌中收获着。母亲悄悄地攒了不少钱，她经常拿出钱来给我们看，还笑呵呵地说："过好今天，明天不会错！"那样的时候，母亲总是一脸的满足。到了春节的时候，母亲买了很多肉，还给我和哥哥买了新衣服。新学期开学后，哥哥把学费全都交齐了。

父亲回到家后，母亲帮他开了一家生产草纸的纸厂。我们一家人仍然坚信母亲的话："过好今天，明天不会错。"后来，家里的日子真的越过越好了。受母亲影响，一直到现在，我习惯了像她一样脚踏实地地把今天过好。

明天是未可知的，我们不必过早地为一些事忧心。只要把今天过好，明天一定不会错。

低处的幸福

◎乔兆军

闲时读王昌龄的《闺怨》："闺中少妇不知愁，春日凝妆上翠楼。忽见陌头杨柳色，悔教夫婿觅封侯。"少妇独上高楼，凝望如烟柳色，无限惆怅涌上心头，后悔当初不该"怂恿"丈夫远走边塞，建功封侯。此时在少妇眼里，"杨柳色"般的庸常生活，要比"觅封侯"更值得让人留恋。

现在人谈到幸福，往往想得更多的是金钱与名利，其实物质并不是幸福最重要的因素，幸福是一种心理体验，一个人要求越低，离幸福也就越近。

在上下班途中，我经常看到一对夫妇，穿一身破旧衣服，开一辆三轮车在大街上揽活。车厢内架一口铁锅，铁锅内有凝固的沥青，还有铁桶和铁铲等工具。从他们的装备可知，是专门修补楼房顶的农民工。因为活儿忙，他们吃饭也不固定，一人一份盒饭，女人往往要把大部分菜拨拉到男人碗里，男人照例要推让一番。他们每天早出晚归，有说有笑的，丝毫看不出生活重压下的愁苦，有的是对生活的坦然以及夫妻同甘共苦的甜蜜。

想起了我小时候，家里一贫如洗。有一年冬天，生产队里开了个烧石灰的窑，需要大量的木柴。母亲就利用农闲，每天早出晚归上山砍柴，中午就着凉水啃几口玉米面饼充饥。砍柴是个苦力活儿，母亲的头发被树枝子挂得凌乱，手被刺条子划出一道道口子。砍好了柴还得扛出山去，上百斤的柴扛在肩上，压得人喘不过气，但母亲不能停下来，汗水已把单薄的衣服打湿，停下来被山风一吹，会更冷。

就在这样艰苦的环境中，我家却常常充满了快乐。每次在窑上结完账，母亲总要称上一点儿肉来改善生活。晚上，我们围着火炉，吃母亲做的猪肉白菜炖粉条，味道鲜美，我们个个吃得鼻尖冒汗。母亲则会满足地盘算着今年挣了多少工分，能从生产队里换回多少粮食多少钱。现在想来，那些日子是清苦的，却也有最本真最真实的幸福。

我的老家有一位老者，替别人看鱼塘为生。老者年轻时是位唱山歌的好手，如今知音渐少，他常自得其乐，于集市上沽得美酒一壶，边唱山歌边饮酒，至家，酒亦饮完。因为活得简单，老者内心总是盛满了欢悦和幸福。

屠格涅夫说："幸福没有明天，也没有昨天，它不怀念过去，也不向往未来，它只有现在。"我们在追求幸福的过程中，不要人为地把它挂在高不可攀的地方，踮起脚也够不着。其实幸福并不遥远，它就在眼前，在生活的低处。

一句话的力量

◎崔子荣

激将话促成“跳槽”

为了给企业找到一位优秀的管理者，“苹果”电脑创始人之一史蒂夫·乔布斯进行了苦苦的寻找。他看上的对象是约翰·斯考利——可口可乐公司副总裁。然而有趣的是，约翰·斯考利对“苹果”电脑毫无兴趣，而且曾经多次拒绝“苹果”的邀请。

这天，乔布斯与斯考利碰面了，两人走在纽约的大街上，谈论起了电脑业的未来。等到话题成熟时，乔布斯非常严肃地对斯考利说：“你想改变世界，还是想一辈子卖汽水？”很快，斯考利不顾众人挽留，毅然跳槽到了“苹果”电脑CEO的职位上。

斯考利原本的职位相当不错，让他轻而易举“跳槽”实非易事。所以，求贤心切的乔布斯选择了等待，在时机成熟时说了一句颇含挑衅、刺激的话语：“你想改变世界，还是想一辈子卖汽水？”“改变世界”与“卖汽水”，两者放在一起形成了强烈的反差与对比，对斯考利产生了无法抗拒的魔力，此时，满怀抱负的斯考利只有一个选择——“改变世界”。就这样，一句激将的话促成了斯考利的“跳槽”。

感慨话改变人生

台湾作家林清玄在写一篇报道小偷作案的文章时，有感于小偷思维之缜密、作案手法之细腻，情不自禁地在文章最后发出感叹："像思维如此细密、手法那么灵巧、风格这样独特的小偷，做任何一行都会有成就的！"

他不曾想到，这无心为之的一句话，竟影响了一个青年的一生。

二十年后，当年的小偷已经脱胎换骨，重新做人，成了一位小有名气的企业家。在一次与林清玄的邂逅中，这位老板诚挚地对林清玄说："林先生写的那篇特稿，点亮了我生活的盲点，它使我想到，除了做小偷，我还可以做正经事呢！"

显而易见，林清玄是"无心插柳柳成荫"，本是对小偷作案手法之娴熟而发出感慨，没承想却改变了一个人的命运。

在一个人误入歧途而被寒言冷语包围的时候，一句关怀、呵护和鼓励的话，能点燃他内心深处自信和自尊的火焰，激起他努力奋进、积极向上的力量；在一个人身陷绝境，茫然四顾辨不清方向的时候，一句点拨、抚慰和欣赏的话，恰似一盏指路的灯，可以让人在黑暗中看到前路的光明，从而冲破阴霾和迷雾，走出困境。

赞美话创造奇迹

卡耐基小时候非常淘气，是大家公认的“坏男孩”。九岁时，他的父亲迎娶了他的继母。第一次见面，他的父亲这样给继母介绍他：“亲爱的，希望你注意这个全郡最坏的男孩，他可让我头疼死了，说不定会在明天早晨以前就拿石头扔向你，或者做出别的什么坏事，总之让你防不胜防。”

出乎卡耐基意料的是，继母微笑着走到他面前，托起他的头看着他，接着又看着丈夫说：“你错了，他不是全郡最坏的男孩，而是最聪明的，只是他还没有找到发泄热忱的地方。”继母说得卡耐基心里热乎乎的，眼泪几乎滚落下来。就是凭着她这一句话，他和继母建立了良好的关系；也就是这一句话，成就了他一生的辉煌——成功的二十八项黄金法则，帮助千千万万的普通人走上成功和致富的光明大道。

听惯了父亲和邻居的责难、批评，卡耐基也自然认为自己是名副其实的“坏孩子”，但初次见面的继母只用了一句赞美的话，就改变了卡耐基的人生观，鼓舞了斗志，激发了想象力，帮助他和无穷智慧发生联系，使他成为二十世纪最有影响力的人物之一。陶行知先生曾说：“当心你的教鞭下有瓦特，你的冷眼里有牛顿，你的讥笑中有爱迪生。”卡耐基就是典型的例子。

一句话，可以成就一个人；一句话，也可以毁灭一个人。滴水可以穿石，掌心可以化雪，话语可以暖心。

隐 忍

◎曾少令

隐忍，该是一种怎样的胸襟？比天辽阔，比海深沉。

人生有很多事需要忍，人生有很多痛需要忍，人生有很多苦需要忍。忍是一种修行，忍是一种胸怀，忍更是一种智慧。

生命中有许多苦难，让我们学会了承受，学会了担当；生活中有许多不如意，让我们学会了忍耐，学会了在忍中笑看人生。命运从来都是峰回路转的，生活从来都是波澜起伏的，爱情从来都是千回百转的——正是有了曲折和坎坷，才练就了我们的忍者风范——沉默，并不是懦弱；冷笑，并不是清高；哭泣，并不是屈服。

生活是一道不定项选择题，选项有很多，但都是围绕主题展开叙述的。有的时候，不是听不到议论，只是选择装作没听见；有的时候，不是看不到黑脸，只是选择装作没看见；甚至有的时候，不是不想解释，只是欲辨已忘言抑或无言以对。因此，大多时候，都是生活选择你，而不是你选择生活。尽管不情愿，但还得坦然面对，持有一颗隐忍的心。

子曰：“小不忍则乱大谋。”告诉自己，忍一时风平浪静，退一步海阔天空。

佛说：你永远要宽恕众生，不论他有多坏，甚至伤害过你，你一定要放下，才能得到真正的快乐。总是活在别人给的阴影里，阳光如何照亮你潮湿的心？一念清明，不再耿耿于怀；一念慈悲，不再怀恨在心。你便有了相逢一笑泯恩仇的豁然，过去的就让它随风而逝。

千年以前，那些文人骚客，抑或失意的政客，选择归隐，放弃锦衣玉食，而与白云流水、清风朗月、晨钟暮鼓为伴，品茶赏花，诵读经文，云水禅心，从此沉寂于世外桃源。古语有言：小隐隐于野，中隐隐于市，大隐隐于朝。陶潜选择归隐南山，采菊东篱。而王维，钟爱深山古刹，虽身处钩心斗角喧嚣的朝廷，却能淡然处之，宠辱不惊——行到水穷处，坐看云起时，可谓是真正的隐者。

《菜根谭》有云："拨开世上尘氛，胸中自无火焰冰竞；消却心中鄙吝，眼前时有月到风来。"此去经年，待到山花烂漫、清风朗月、一念慈悲之际，你方可如释重负，那些不为人知的辛酸背后，只一霎，蓦然回首，才发现，当年的容颜被岁月销蚀得越发沧桑，那所有的恩怨情仇，都化为乌有。此中有真意，不语已知心。忍天下难忍之人或事，是对心灵最崇高的修行。

第三部分

寒不冻心跳，风不散笑容

一次又一次掉进自己挖的陷阱里

◎崔耕和

那个留着长长的白胡子的达尔文说，人是由猿猴进化而来的。人听了这个论断怎能不尴尬。原来，人是猿猴的后代。后来人们进一步丰富达尔文的观点，有的说人是猩猩变的，有的说是狒狒，有的更离谱，干脆说人是由水生动物进化而来的。可不管怎么说，人都是动物的后代。纵观生物演化史，绝大多数动物的出现，都比人类早得多。

按照这种说法，人真的没什么值得骄傲的，辈分比动物差远了。当然，人进化得越来越聪明，这倒是实情，但这种聪明许多时候却表现为小聪明。说白了，人与其他动物并无多大差别，或者说差别有限。

有人说，人会思想，动物不会。天知道动物没有思想！只是我们不了解罢了。当你发现一匹马离开了小马驹而流泪时，当你发现突然给一头猪喂好饭而猪难受得不吃时，它们的思想脉络我们并不懂。

有人说，人类具有语言能力，动物没有。鸟的啁啾叫声，狗的汪汪吠声，昆虫振翅的沟通，青蛙塘边的争论，它们的语言更简约，只是我们听不懂罢了。

人类极尽所能掌握的所谓减灾知识，其实许多的动物天生就懂。比如，海啸来了，大象们、海龟们都知道；地震来了，青蛙、老鼠、鸡、狗、鹅、鸭等，一抬头就知道；天要下雨了，人类摆弄着各种各样的仪器有时也预报不准，可燕子、蜻蜓早就知道，连蚂蚁、鱼虾都知道。这没有什么奇怪的，因为它们是自然的朋友。

动物都保留着天生的神秘的本能，这一点是人类比不上的。譬如候鸟会随着季节南北迁徙，它们无论飞得多远，最后都会回到原来的地方。海龟出生后会离开故乡，然而隔了几十年之后，他们仍然会回到出生地产卵。许多动物出生就会觅食，天生就有躲避天敌的能力，能与自然界融为一体。而一个人的幼年几乎没有躲避天敌的能力，必须依赖父母才能生存。后来形成的所谓人格，只不过是一套基本习惯而已。本能是一种天生的能力，然而在社会的发展过程中，人类逐渐泯灭了自己的本能。

电影《侏罗纪公园》里有这样的镜头，迅猛龙被关在一个城堡里，它们想方设法逃出去，于是一直撞击周围的墙壁。如果你仔细留意会发现，它们绝对不会撞击相同的地方。行为心理学告诉我们，看一种动物的聪明程度，就看它尝试错误的时间长短。尝试错误的时间越短，说明越聪明。套用这个理论，人类就真的算不上聪明了。有文字以来，所有的历史都记载着人类的错误，而所有的错误究其实质都是重复的。人类尝试错误的时间已经够长的了，而且还在继续。

有次看《动物世界》得知，样子笨笨的野猪也绝不会掉进同一个陷阱里，再好的伪装也没用。可人有时就不长记性，总是一次又一次掉进自己挖好的陷阱里。当然，这陷阱是人类自身无尽的欲望。

达尔文的进化论还告诉我们：发生在动物身上的，必将发生在人类身上。

位　置

◎韩　青

人总得有一个位置。因为，人要生存，生存就得有所依靠，就像树木必须依靠土地、鱼儿必须依靠水一样。没有这样的位置，生存就成了一句空话，生命也不复存在。

就像我们谁都不能选择出身一样，每个人的生存位置也由不得自己挑选。

日本作家内村鉴三笔下有个叫二宫尊德的人，他是一个佃农，父母早亡，跟着伯父生活，从早到晚不停地劳动，夜里读点儿书，伯父却还骂他浪费灯油，于是他只好利用上山砍柴、割草的间隙学习。成年后，他凭借着自己的努力，买回了失去的房屋、土地。后来，由于他耕作有方，庄园主们纷纷前来请他帮忙，在他的帮助下，一个个贫困的村庄变成了富裕之乡。晚年时，他成为德川幕府中一名负责兴修水利、复兴农业的高官。

其实，芸芸众生，很多人的生存位置都存在这样或那样的不如意。可是，正是这样的不如意，才激发了人的战斗力，从而战胜一个个的困难，走出山重水复疑无路的困境，迎来柳暗花明又一村的胜境。王尔德说："任何位置只要你爱它，它就是你的世界。"诚如斯言。

诗人叶文福在小诗《脚印》中写道：“没有昨夜一场暴雨／哪有路上这深深的脚印／风雨中的路人哟／风雨写着他的风雨人生。”是啊，如果一路都顺风顺水，那何来你的脚印？所以说，能让你在这个世界上留下印记的还是波折，所以，应该感谢那些充满苦难甚至不测的位置，即使它们再低，你也要知道：地低成海，人低称王。这样的位置为我们提供了最佳的舞台，为我们华丽转身创造了条件。

每个人都想登上一个好位置。而位置，说白了就是一个平台，在它上面，摆放着名利、权势、财富、欲望、理想和没有止境的追求等，这些内容可以分为两个部分：一部分是物质的，一部分是精神的。在这样的位置上，如果只贪图物质享受，那么他很快就会沦为物质的奴隶，从而失去自己。美国作家杰克·伦敦就属于这种情况。成名后，他就认为自己有权过豪华奢侈的生活，接着他买游船建别墅，可是，在别墅落成即将迁居时，别墅却忽然被大火焚毁，而他却宣布将另建一个庄园。这时的他已经陷入了不能自拔的拜金主义泥坑，最后破产的他选择了自杀。所以，在这个位置上，应该保持淡泊的心境，只有这样，我们才能继续前进，让自己生活在越来越丰富的精神世界里。如果杰克·伦敦能做到这样，就不会发生这样的悲剧，相反，说不定还会写出很多优秀的作品呢。

这就是说，一个人不管在多么好的位置上，都要记得，对物质的追求适可而止，而对精神上的追求却可以没有止境，比如为了理想，为了自我完善，为了维护做人的原则和底线等。德国作曲家门德尔松，在二十岁时去英国演出取得了巨大成功，女皇维多利亚亲自为他在白金汉宫举行了招待会。女皇特别欣赏他的《伊塔尔兹》，在宴会上对他说："凭这首曲子，就证明你是一个天才。"听到这里，他赶紧对女皇解释道："这首曲子是我妹妹作的。"其实，他完全可以不说出事情的真相，但是在他看来，诚实比荣誉更重要，这就是他做人的原则。

周敦颐赞莲"出淤泥而不染"。莲生活在那样的位置上却能保持住自己的高洁。陶渊明把房子建在闹市边，却说"而无车马喧"。古人还说"大隐隐于市"。这正如周国平先生所言："不管世界多么热闹，热闹永远只占据世界的一小部分，热闹之外的世界无边无际，那里有着我的位置，一个安静的位置。"这样的位置只属于心灵。就是说，任何位置，只要心灵在，它就会变成你想要的世界。

泱泱生息，寂寂清欢

◎郭端艳

看到林清玄在新书《清欢玄想》里说“苦瓜本质就是苦的”时，脑海里跳出来的第一印象就是佛家所说的人生七苦：生、老、病、死、怨憎会、爱别离、求不得。

林清玄一直是我喜欢的作家，语言真诚、笔触感性、知识渊博、充满智慧。喜欢他如风过草地般平顺悠然的叙述方式，还有他书中无所不在充溢小道理的禅境。

他说：“在棚架的苦瓜，放在富豪的餐宴，与鱼翅燕窝同席；或放在穷人的饭桌，与咸菜豆腐共枕，滋味都是一样的苦！”

我在读书时一直想不通为什么“生、老、病、死”都是苦的。老可叹，病可怜，还有死亡的悲哀，这些在感觉上都可以是苦的，但是为什么“生”之一字却排得苦之第一呢？生，才有阳光、蓝天、白云，才有笑容、感动、自由；生，才能感受快乐，才能得到幸福。生，就是活着，活着，即得所有，明明是丰盈充实的一个字，怎么会是苦的呢？

随着岁月更迭，在生命中浸润了一段年华后，我才明白甘瓜苦蒂，苦中惜福，苦尽甘来之意。

生命就像苦瓜，无论如何新鲜、通透、脆嫩，都改变不了本质上的苦。与此同时，它所坚持的，最终也能成就它。中国的美食，不论是在高档饭店或路边排档，都有着苦瓜的一席之地。像每个生命，无论多么平凡普通，总有人为其牵肠挂肚。

犹记得自己初尝苦瓜时，只一口就眉头皱起，实在想不到世间还有这么苦的菜。辣椒有火热的余香，青菜有柔和的口感，黄瓜浑身都水润清爽，那苦瓜呢，为什么它身为一道菜却让自己这么苦？

“不为无益之事，何以悦有涯之生？”

有对比，才有感受：未尝苦瓜的苦，怎知米饭的醇香？没有一次独自跋涉，沉默的风景又怎能刻骨铭心？没有憎恶嫌弃，又怎知爱与惜的可贵与难得？

苦瓜之苦的珍贵又在于它更懂得如何衬出生命滋味的曼妙。世间路长，悲喜杂陈，滋味本就多样。除却苦涩，还有芬芳的梦想、火辣的自由、甜蜜的爱。

有选择，就有得到，就有失去。就如苦瓜的苦味正映衬出它的清爽一样，深扎地下在黑暗处无声忙碌的根须，也始终知道自己的选择能成就另一部分完全和根不同的自己：有叶，有花，有阳光，有微风，还有欣赏的目光和驻足。

“如果人生只是千古中的一瞬，苦、集、灭、道，也是无分别的事！”

如果时间永恒，流逝的是我们，那我们和一季苦瓜、一秋草木又有多大分别呢？希望、奋斗、枯萎、逝去，而所有一切，最终又以另一种方式，得到延续，得到新生。

愿行走在世间与时间缝隙里的我们，“每个人都能每一餐吃得香、每一晚睡得甜，随时随地都笑得出来。”

林清玄的书，每一本都适合慢读、细品。合上手里这本《清欢玄想》前，再次打开放了书签做标记的页码，再细读一遍这用心的良言。他说：“一个生命就是一个旅店，在人生旅途中，要诚挚地珍惜，要深深地疼爱；要努力地追寻，也要保持静观；要有所敬畏，也要有所无惧。愿你旅途顺利，平安无恙！”

纯净的眼神

◎张金刚

永远不会忘记那次深山采风遇到的山里孩子，他们毫无戒心地带着我们这群“造访者”，在老街老屋间穿梭，在村口菜园里闲聊，瞬间我们如村中一员。他们的笑容那样纯真，言语那样质朴，特别是那一双双纯净清澈的眼睛，如细雨洗过的山林，如山涧喷涌的清泉，更如那一方蔚蓝如玉的天空，令我们这些常年在城市尘事间辗转的俗人，顿生一种回归本真的恍惚之感。完全无法抗拒，只顾将随身带的好吃的一股脑儿地送给他们；他们再次用喜悦纯净的眼神回馈我们，我们的心灵一时被涤荡放空，了然无尘。

不仅他们，连同他们的父辈、祖辈，虽依然在深山艰辛地耕耘生活，但眼神中没有丝毫焦灼、困顿，没有丝毫抱怨、乞怜，有的只是那种恬淡、自足、坦然的纯净，可爱又值得怜惜。夏日的午后，他们在石板路上扎堆纳凉，会从自家树上摘满一瓢黄杏与大家分享；想必稍后又要拎起锄头隐在庄稼地里专心劳作。一幅久违的桃源般的画面，令人陶醉。

他们的生活，我不想打扰、不做评论，只静静地感受，默默地认同，便心生美好，心如止水。我明了，只有心灵纯净，眼神才会如此纯净；只有心无奢求，岁月才会如此静好。我心向往，更在世事纷扰中一路追寻。

一位大姐悄悄告诉我："昨晚在电视新闻中看到你了，与众人不同的是你的眼神，没有那些在机关单位混久了的世故、深沉、凝重，依然是那样的简单、纯净、阳光。"大姐的话，让我心里一暖，也让我更加坚定地去坚守内心的那一份本真，喜欢这样一直纯净下去。

我心很简单，是骨子里的。对工作，始终有着一份虔诚，十多年了还对每项工作心生敬畏，生怕出纰漏。有人笑问："你都是老手了，应该不惧写材料吧？"我无奈地说："哪有，照样会着急。"对前途，始终相信功到自然成，没有付出哪有收获？故而，对升迁晋级看得很淡，不争不抢、不愠不噪，只专注干好本职，违心之事从未做过，也断不会做。对他人，始终以诚相待，将人往好处想。虽然也会被误解和伤害，但我从未怀疑过对人施以好心的初衷，相信与人为善终是正理。有朋友说我"傻"，那我宁愿这样走心地"傻"下去。活就活得真实，简单纯粹。不管我今后功成名就也好，平凡无名也罢，面对旁人的，定还是那双纯净的眼睛。

或许是心之所向，我特爱与初出茅庐的年轻人交往，与他们玩儿在一起，虽已是大叔级别，却乐于与他们称兄道弟。有时，他们也会调侃我"老头儿"，我也会打趣他们"小屁孩儿"。他们对我这位前辈的尊重，是真实的，感受不到丝毫的奉承之语；

而我对他们这些后来人的爱护，也是真心的，全心全意带他们成长，避开我曾走过的弯路。他们爱憎分明的天真，与我保留的那份天真，使我们毫无代沟地成了忘年交，在我们的微聊群“年轻的战场”中真实存在，只因我们共有的纯净眼神。

带女儿参加一场婚礼，席间一位她的同学，宛若深谙世事的“小大人”，两只眼滴溜溜乱转，场合上的语词张口即来，惹得满桌宾客称赞不绝；而女儿却应接不暇，愣在那里，不懂其间之道。这场景，我却没感到尴尬，十岁孩子的眼神就该是纯净的，那才真实。

眼神纯净的人，心地肯定差不了。眼神纯净的官员，一定心地无私、全心干事，赢得群众拥护；眼神纯净的商人，一定诚信经营、童叟无欺，生意越做越火；眼神纯净的男人，一定富有责任心、有担当；眼神纯净的女人，一定温柔如水、贤惠善良；眼神纯净的长者，一定纯真睿智、气度非凡……

纯净的眼神，是一张绝佳的名片，更是一种无形的力量。做眼神纯净的人，和眼神纯净的人交朋友，那你的一生必将纯净、快乐，无憾无悔！

藏技于身

◎陈志宏

母亲老了，喜欢念叨过去，回忆往事。有件事一直鲜活在老人家的话茬儿里。

那时家穷，我们姊妹又多，饭勉强吃饱，但菜成问题。夏天来了，母亲一早焯一盘空心菜，一人一小碗分好，让我们做早餐、中餐的下饭菜。吃完早餐，我们各自藏自己的菜，留待中午吃饭一扫而光。然而，偏偏我特立独行，中餐过后，还藏着一点儿，准备吃夜饭的时候再拿出来。结果可想而知，那菜馊了，只好倒掉。

对此我记忆不深，但母亲心心念念的事，大体不会有误。印象如月，时明时晦，虽说记不得空心菜，但我对母亲藏的发饼，一直记忆犹新。

儿时，正月拜年流行送两样礼物，一包冰糖，一双发饼，收礼只收冰糖，那发饼原样退回去，也许暗合“有送有余情义长”之意吧。有时，拜年回来的路上，我控制不住，掰发饼吃，大过年的，母亲也不会说啥，含笑默许。只要发饼顺利回到家，母亲就会藏进米缸。这样一来，甚至大热天，我们也能吃到只有过年才能吃到的发饼。

一碗菜一块儿饼，让我养成藏与掖的习惯，时至今日。藏也好，掖也好，率性而为，悠然心会。我珍藏着父亲一身戎装的英武照，收存了姐姐和我小时候穿过的棉袄、我的各种荣誉证书、发表作品的样报样刊，来往各地的火车票、飞机票，把余钱存入银行……五花八门地各种藏。给女儿买好零食，会规定一个量，剩下的藏好，留着慢慢吃。

秋收，冬藏。人弃，我赏。这个散发着浓浓的小农气息的举动，被我传承下来，成了新时代的活标本。在有些人看来，藏着掖着，显得小家子气，我却视为平常，悠然心会。

我有位同学，医学院毕业后，分配在县城医院当医生。年轻时，我们走动频繁，知道他对工作相当不满，一肚子怨气。医生工作累，经常加班，有时抢救病人通宵达旦，熬得人都老了很多。那时，他最大的梦想就是当院长，那样就不必辛辛苦苦诊治病人了。

有段时间没和他联系了。时过境迁，一晃，人届中年。有一次，去县城医院看望一位熟人，居然在病房里与他偶遇。看来，他还是老样子，做着医生，不知他那一肚子怨气被岁月消磨了没有。然而，熟人吃惊地望着我们俩，问我："你和李院长认识？"没等我开口，我同学抢先回答："当然，我们是老同学。"

看来，我判断有误，他不再是一名普通医生，如愿地当上了院长。问题来了，他当年不是不喜欢诊治病人吗？怎么当上院长，还要坚持一线工作呢？同学的回答，让我陷入沉思。他说：

“年轻时不懂事，只想贪图轻快，不想行医。现在才知道，存再多钱，不如将精湛医术藏在身上，走到哪儿也吃喝不愁。这是任何人也夺不走的真本领。”

想起熟识的一位中学校长，与我这个同学的想法有异曲同工之妙。身为校领导，公务繁忙，本可不上讲台，但他坚持每周要上几节课。他说：“哪怕当再大的领导，教书也不能丢。这是永远的饭碗。”

突然开悟：藏什么都不如藏技在身。

偶读到这样一句话：“历史总冷静得恐怖。它静静地看着你做每一件事，种下每一个因，一步一步走向注定属于你的位置，得到属于你的一切，然后再冷静地把属于你的果一个个摘给你。”换个说法——与其藏金于屋，不如藏技于身。藏金于屋，金会消散，藏技于身，技伴终生。藏是因，不同的藏法，会得到不同的结果。《周易》有云：“君子藏器于身，待时而动。”怀才有时像怀孕，到了一定时候，自然为人所瞩目。

功成名就，不为功名所累，才高八斗，日进斗金，不为才和财所困，藏技于身，精进自己的技艺，如此这般，自会进入自由王国和人生佳境，生命渐至圆融。

人生三境界

◎刘万祥

第一境界：忍界

人生有很多事，需要忍；人生有很多话，需要忍；人生有很多气，需要忍；人生有很多苦，需要忍；人生有很多欲，需要忍；人生有很多情，需要忍。

忍是一种眼光，是一种胸怀，是一种领悟，是一种人生的技巧，是一种规则的智慧。

忍有时是怯懦的表现，有时则完全是刚强的外衣；有时是环境和机遇对人性的社会要求，有时则是心灵深处对人性魔邪的一种自律。

忍，是人生的一种基本谋生课程。懂得忍，游走人生方容易得心应手。当忍处，俯首躬耕，勤力劳作，无语自显品质；不当忍处，拍案而起，奔走呼号，刚烈激昂，自溢英豪之气。

懂得忍，才会知道何为不忍。不知忍的人，就像手舞木棒的孩子，把自己挥舞得筋疲力尽，却不知道大多数的挥舞动作，只是在不断地浪费自己的体力而已。

有所忍，必有所不忍。明忍，始易明不忍。是故忍界其实也是不忍之界。

第二境界：持界

人只有两只手，能抓多少东西？抓住一样东西，就意味着放弃了更多的东西。放弃和失去，其实始终是人生的大局。不要以为得到了什么，其实人时时刻刻都在失去。失去时间，失去生命，失去更多的财富，失去更多的机会。不要抓得太紧，抓得越紧，丢失的会越多。

持到手的，莫要沾沾自喜；未持到手的，也莫要灰心丧气。生命的旅程太短，世间的精彩太多，持有什么，不持有什么，都不是人生过程的关键，关键是选择。选择，是人生过程中最精彩也最具有诱惑的课题。而持有，只是选择之后的一种随机或必然的结果。当选择的命题被完成之后，所选择事物的结果于个体的生命来说，虽然影响可能很大，但已不是生命个体所能完全左右的了，所以也就无足轻重了。毕竟，那已经脱离了生命个体的愿望轨道，而进入了事物发展规律的轨道。

人生关键的课题是选择，最难的是要不停地选择。有时候刚完成一个选择，又得进行另一个选择；有时候在开头选择对了，在第二步却可能选择错了；有时候一直都做了适合自己的选择，到最后一个选择前却走到了另一条不适合自己的路上。

是故，持界不是讲持有什么，而是讲选择什么、放弃什么。

我们应该明确我们不需要什么。毕竟，我们的欲望太大，而我们的手太少。只有学会放弃，才能更好地持有。放弃才是人生的大学问。持界其实更是一种弃界。

第三境界：悟界

人的悟性，是一种神奇的事物。不同的悟性，同样的环境，同一个事件可能会有很多种不同的结果。心骛神游，不可预知，奇妙无比。眼睛、心灵、表现，人生的过程其实是不断悟的过程。三十而立，四十不惑，五十知天命，六十耳顺，七十从心所欲而不逾矩。可见悟是一直到生命结束都在不断进行的。

悟界不是指教别人的作秀和个人英雄的自我表现，而是不断完善自我心智的内修。悟界更是一种自省和自律。悟界更多的本意，是为了更好地改造客观世界，但是，首先要通过改造自我或者主观世界，然后才能更好地改造客观世界。

是故，悟界不单纯是一种心智的活动，更是一种言行的活动。悟界也是一种做界。

前途在前方

◎刘诚龙

孟敏是东汉时的一位成功人士，他本是穷小子，先前从事贱业，当的是乡村货郎，街头走鬼；而十年后，他高登龙虎榜，身到凤凰栖，位列三公，演绎了一个从仆隶到高士的励志故事。

孟敏，籍贯河北巨鹿，家里穷得叮当响，囤里无米，坛里无油，无奈何，只好往外地跑。跑到山西太原去讨生活，“孟敏，字叔达，钜鹿杨氏人也。客居太原。”也没什么文凭，也没学什么技术，能干什么呢？给人砌房屋做个小工，帮人拉板车换碗热饭，日子有一天没一天，过得很艰难。后来，他发现，沿门问活，不如沿街卖货。今日在批发市场盘了一担白菜豆腐，便卖白菜豆腐；明日从厂家以厂价批来鞋子袜子，便卖袜子鞋子。每一件货，都是其日子之所靠，都是其性命之所安。

今天，孟敏从瓷器店批来了一担坛坛罐罐，钻小巷，串大街，一路叫卖。卖瓷器利润还可以，我老家有个说法是：卖砂罐，纵摔一半，还赚一半。只是这真是个瓷器活儿，磕磕绊绊，稍稍碰撞，一担瓷器便报废了。

孟敏本来是很小心的，奈何挑担走在闹市区，人多，物聚，障碍难绕，“杂处凡俗”，可能也是专心致志吆喝“买砂罐子咯”，没注意脚下有块儿西瓜皮，刺溜一下，满满一担瓷器摔成了无数瓣，“尝至市买甑，荷儋堕地坏之”。

一天的干粮没了，或许是一月的生计没了。常人碰到这般倒霉的事，会是什么反应？是跪在地上号啕大哭，还是蹲在街头，一块块地合拢？号啕大哭，能把砂罐哭回原样？一块块合拢，用万能胶，或能胶起来，你还能挑去街头巷尾卖？一担砂罐，没赚钱却血本无归。

孟敏何反应？他跳将起来，头也不回，连碎片都没看一眼，“径去不顾”，大踏步地，直往前面走了。恰好名士林宗路过此处，他先前见了甑堕地，碎一地，为之惋惜不已，后见事主居然没事人一般，毫不怜惜，甚觉奇怪。宗先生小步碎跑，追上孟敏，问他：“坏甑可惜，何以不顾？”孟敏转过头来反问：“甑既已破，视之何益？”对砂罐子哭，哭不回原生态；补都补不回旧模样，回过头来看一眼，能把砂罐子看好吗？能看好，那我一定看一百眼，回一千次眸，可是泪眼婆娑，泪水当胶水，也糊不好一只烂砂罐。

假如把后悔比作这一担甑，你一直后悔，蹲在原处，为你无法复原的错误而后悔，那么你费神费力费却大好时光的后悔，能让你的错误不再是错误吗？假如把挫折比作这一地破砂罐，你一直伤心，抱残守缺，为你已经受过的挫折而伤心，那么你把青春与热血都洒在挫折之上，你能让你这次挫折，不再是挫折吗？清朝谭嗣同曾规劝过我们，“世人妄逐既逝之荣辱得丧，执之以为哀乐。过驹不留，而坠甑犹顾。”沉寂于过去的荣光，沉湎于已逝的屈辱，你走不出过去，又如何走向前方？

能够挽回的，自然可以花点儿力气去挽回，后悔有时候也可以更好地前进。无法挽回的呢？哪怕在你生命中再重要，你也可以掉头不顾，走，昂头走，健步走，回眸一次都不必。过去，如果成了你的乌云，那么你可以轻轻地挥一挥手，不带走一片乌云；过去，如果成了你的包袱，那么你可以悄悄地扔掉，不带走一块碎片。

苏轼读了孟敏这故事，曾作诗道：“宁知事大缪，举步得狼狈。我已无可言，坠甑难追悔。”过去犯了错，经了挫，那么不要再把自己绊留在过去，困守在过去，世界上哪有后悔药可吃？往者不可复，来者自可追，你不如把心力投放在来日。走吧，不回头！

这就是洒脱，这就是决断，这种洒脱与决断，正是你成功的一种素养与潜质。林宗见孟敏虽处下贱，却有高心，“赏其介决，因以知其德性，谓必为美士”，能勇敢地忘记过去，果决地往前走的人，定然可成为生活的强者、事业的成者、命运的王者。名士林宗，便资助了经费，叫孟敏不再在街头卖小担，“劝令读书”。十年后，孟敏“遂知名”，美名传天下，“东夏以为美贤”。

你的未来，在来日，不在过去；你的前途，在前方，不在后面。不论过去多么英勇，不必津津乐道；不论过去多么辱丧，也不必喋喋不休。过去的都已过去，黄河水已挽不回，你还费力挽什么？未来的正在来，哪怕是空担，你都可担起来，往前走。空担还可另装，废物满满，装了你的担子，除了压迫你，还有什么？

是的，后悔之人必落后，前行之人有前途。

悦纳改变

◎游宇明

陆春祥先生是散文、杂文界很有名望的作家，2010年10月，他的杂文集《病了的字母》荣获第五届鲁迅文学奖。目前，他已出版杂文随笔集《用肚皮思考》《鱼找自行车》《新世说》《新子不语》《焰段》《字字锦》等十余种。其作品叙事简洁而活泼，结构新颖而灵活，广征博引，生动幽默。

然而，有意思的是，在参加工作后很长一段时间，陆先生的理想都不是当作家，而是做一名学者。1984年从浙江师范大学中文系毕业后，他被分配到浙江桐庐毕浦中学教语文，认真教学之余，他孜孜不倦地从事修辞学研究。短短七年间，就在《中国语文》《语文学习》《中文自修》《语文园地》等一批权威杂志发表论文，并应邀为《中国历代游记文学鉴赏辞典》《中国文学艺术大辞典》《修辞方式例解辞典》等书籍撰写词条，还出版过《语文开眼界》一书。后来，陆先生进了桐庐报社，再后来又到杭州日报社，需经常写评论。做评论员培养了陆先生对写作的兴趣，他开始业余创作杂文、随笔，结果，文章越发越多，名气越来越大。

想起另一个朋友。这个朋友在中学里历史成绩特别好，一心想考上大学历史系，毕业后做考古学家，高考时历史考了89分（百分制）。只是，朋友报志愿时没有经验，每一个志愿都是将“汉语言文学专业”放在前头，结果被中文系录取。最初的时候，朋友也很苦恼，甚至有换专业的念头，可试着读了一个学期，朋友对文学越来越喜爱，后来，他学会了写诗、写散文，在省级、国家级报刊发表了四千多篇作品。

任何一种成功都是时间的产物。在环境相对稳定的情况下，我们爱好一种东西，沿着目标始终不渝地前进，获胜的概率会比较大。拿破仑说“谁笑到最后，谁笑得最美”，这绝对不是忽悠人的。然而，当环境发生改变，我们实现原先的梦想已有难度，不妨高高兴兴地换一个与新的环境相适应的目标。原因很简单：一个人做事业是要讲究天时、地利、人和的，光有决心、勇气、魄力，天时、地利、人和的一方面或几个方面都不具备，想走向成功一定会踉踉跄跄。相反，假若我们充分认识到新环境对过去梦想的制约，悦纳时间赐予的改变，主动调整远方的目标，就会获得意想不到的灿烂。

世界上最怕的不是创新，不是改变，而是墨守成规。一个人一旦认定自己一生只能做某件事，或者做一件事只有一种方式，那他离失败也就一步之遥。我们应该确立这样的观念：只要自己的行为不违背公序良俗，不触犯道德法律，任何改变都是值得尝试的。某片新的天地，你反复尝试了，即使没获得成绩，但永远存在成功的可能。

生活中的事分两种：一是想做的，二是能做的。一件事又想做又能做固然极好，但如果两者“打架”，我们不妨先从能做的事开始。所谓“悦纳改变”，说穿了，就是要学会在不能做想做的事的情况下，将能做的事变成新的想做的事。

图书馆是一座静谧的天堂

◎石卫东

忽然想起阿根廷诗人赫尔博斯说的一句话："什么是天堂？天堂是图书馆的模样。"图书馆是静心读书、让文字与自己的灵魂交流的地方，天堂是什么样呢？不过如此。

走进图书馆，是走进一座宽广敞亮的灵魂圣殿。这座圣殿，是静谧的、是肃穆的、是最大限度抛弃了私心杂念的，它不赞成一丝一毫的浮躁和功利。走进图书馆，需要把功利降到最低，让心真正静下来，让魂真正静下来。

《论语·泰伯》中这样说："三年学，不至于谷，不易得也。"是说："学了多年，内心还没想到要做官拿俸禄，难得呀。"这就不能不令人想到当今社会存在的种种浮躁：浅学，则满。灌输教育，把学生培养成了"考试机器人"；人人都抱着"考大学"的唯一目的去学习；心无宁气，心有旁骛；"看书翻个皮，读报看个题"，甚至书报翻也不翻；急功近利，学术腐败；攀比成风，浪费为荣；等等。其实，学习、做事、为人都一样，无不需要发自内心、专心致志的"静气"。著名学者张中行说："我主张多读书，念的书多了，脑子里装了孔子、老子、孟子、庄子，甚至西方的康德、爱因斯坦等，一般的几张票子是看不起的。”静下心来多读点儿书，对防止染上铜臭、杜绝违规犯罪，意义是很大的。

很多时候，我们太需要停下来了。走进图书馆吧，走进这座天堂。停下来，让心休息一下，让灵魂打个盹儿，给心灵充个电，祛除疲惫，才能精神百倍地出发。

《大学》说：“大学之道，在明明德，在亲民，在止于至善”“知止而后有定，定而后能静，静而后能安，安而后能虑，虑而后能得”。意思是：懂得停下来，然后才能稳定，然后才能冷静，然后才能平心静气，然后才能仔细考虑，然后才能学有收获。“静”不仅是“为学”之道，更是“为人”之理。

诸葛亮《诫子书》说：“静以修身，俭以养德；非淡泊无以明志，非宁静无以致远。”这既是一位父亲对儿子的殷殷教诲，更是一位思想家处世立身的智慧结晶和留给世人的处世箴言。它告诉我们：要获得知识上的提升，不静不行；要获得事业上的成功，不静不行；要在为人上获得认可，不静更不行。我们倡导每个人都走进图书馆，在图书馆里练就超然的心态，然后用超然的心态对待眼前的一切。少一点儿计较，多一点儿大度；少一点儿浮躁，多一点儿务实；少一点儿杂念，多一点儿公心。不要因盲目攀比而心态失衡，也不要因不拘小节而以身试法。在复杂多变的形势面前明辨是非、把握自己，在静中历练思深虑远、处变不惊的本领，用超越功利的境界，踏踏实实地干一番事业。

走进图书馆，走进这座静谧的殿堂，就是走进了自己的心灵。

用最美的声音绽放自己

◎薛文君

新年的钟声已经敲响。

又是一年，又老一岁，又多了一份时光的馈赠。

对着一面镜子寻找岁月的痕迹，浅浅皱纹间，淡淡青丝间，薄薄皮肤间。

开始懊恼了吗？这丰厚的“馈赠”足以让你不平静了吧？然而，你发怒了吗？

都说世界上最公平的莫过于时间。一直不太明白它公平于何处。但此刻，看着被岁月带走的青葱，内心不再有年少时的鲁莽与冲动，懂得了冷静与坦然，学会了接纳与适应。如此说来，时间带走的也只是我们的外象，沉淀给我们的是内在的厚重。

年少时，只想要改变世界，即使是块石头，是面南墙也一意孤行，哪怕头破血流，遍体鳞伤。

渐渐明白了，改变不了世界，就学着改变自己。绕过那座山，像水一样柔韧而无形。

再后来，突然觉得自己好傻，为什么要改变世界？世界那么大，为何看不到美好，非要跋山涉水去寻找苦恼呢？

曾经纠结于两个人为什么走着走着就散了，感情真就那么脆弱？慢慢明白，如果两个人要去的方向不同，非要牵手共走，纠结是注定的。只有散了，才有可能在各自的方向遇到真正的同路人。

人，可以身体冷点儿，可别让心寒。身体冷了，一件棉衣便能暖和，而心寒了，十层棉衣也无济于事。话可以暖心，也可以寒心。“良言一句三冬暖，恶语伤人六月寒”，话不可尖酸更不能刻薄。柔软的话像三月的春风，像春天的细雨，入心而惬意。但柔软不是恐惧，更不是懦弱，是宽容、理解与善良。言为心声，柔美的话一定出自一颗包容的心，源自一个博大的胸怀。

网络流行这样一句话：“我给你一颗糖，你看到我给别人两颗，你就对我有看法了，但你不知道他也曾给我两颗糖，而你什么都没给过我。”学会感恩，有一颗感恩的心，你就会变得柔软，映入眼底的事物就越美好，流露出来的自然也是美好的。

书越读越薄，感情越处越厚，自己越来越轻。懂得舍得，不舍何得呢？舍去外在沉重的负担，心自然会更宽敞。人什么都可以舍，唯独心灵不能舍。心是自由的，你就是自由的。别人爱你时是共享，自己爱自己时是独处。心，不管什么时候，都别遗忘，不要让它蒙蔽过往的尘埃而失去灵性。打扫一方干净的阳台，一杯暖暖的茶、一卷淡淡墨香的书、一支轻缓的音乐、窗外淡进稀疏的阳光，足以成为心的氧吧。

心充盈了，遇到事情又怕什么？桌子上的半瓶水，别人看一到悲伤地说：“唉，只剩半瓶了！”而你说：“真好，还有半瓶水！”天空的月牙，别人幽怨它残缺的无奈，你却惊叹瘦月的诗意！

半瓶水，半轮月，一块石头，一面墙，你是碰撞它、绕过它，抑或欣赏它？

生命短暂，但芬芳如花，用最美的声音绽放自己！

终极之需

◎孙道荣

七十岁的他，无奈地对六十岁的他说，我要是还有你这么硬朗的身体，就好了。健康比什么都重要。

六十岁的他，羡慕地对五十岁的他说，你这个年龄多幸福啊，上有老可侍奉，下有小可绕膝，日子过得多惬意啊！家庭比什么都重要。

五十岁的他，赞叹地对四十岁的他说，你正当盛年，事业有成，前途无限。事业比什么都重要。

四十岁的他，惆怅地对三十岁的他说，一转眼青春就不再了，你现在虽然一无所有，但有奔头，有闯劲，一切都有可能。希望比什么都重要。

三十岁的他，落寞地对二十岁的他说，你风华正茂，想爱就爱，爱也轰轰烈烈，恨也轰轰烈烈。爱情比什么都重要。

他，是同一个人。

他，有可能是我，也有可能就是你。

我们的一生，似乎是矛盾的一生。回首时，我们羡慕十年前的自己，却不知道，十年之后，又可能会对今天的自己，羡慕不已。我们羡慕的，不仅是已经流逝且一去不复返的时光，还有我们曾经拥有过的健康、家庭、事业、希望和爱情。

之所以会羡慕，是因为你曾经拥有的，现在可能已经失去，不再拥有。

而让我们觉得幸福的，往往不是你是否拥有，而是你是否满足，是否珍惜。

当我们老了，回首漫漫一生，我们会发现，其实青春、爱情、健康、家庭、事业等，我们大都曾经拥有，而且，可能都还不错。我们理应满足了、幸福了、无憾了。为什么很多人还是没有满足感，甚至觉得人生无比遗憾呢？

在你觉得爱情最重要的时候，你可能忽略了梦想；在你觉得事业最重要的时候，你可能忽略了家庭；在你觉得拼搏最重要的时候，你可能忽略了健康。而这些被我们有意无意忽略的，往往都会成为日后无法弥补的遗憾。

何况，穷极一生，无论你多么努力，总会有许多东西是我们无法获取的，或虽然获取了却无法让我们感觉满足。

因而，拥有什么不重要，拥有多少也不重要，重要的是，你拥有的，是不是你孜孜追求的，是不是你真心在意和珍惜的，是不是真能为你带来满足感和幸福感的。

在我故乡的村庄，有两位老人，老张和老刘。老张是乡里的首富，挣的钱十辈子也花不完，在尚未完全脱贫的村庄，成为全村人的榜样和艳羡的对象。但老张却羡慕了老刘一辈子。为什么呢？老刘倒头就能睡，老张做不到，常常失眠；老刘的孩子虽然没啥出息，但个个孝顺，老张的两个子女，为争财产，撕破了脸皮；老刘有菜无菜，都能吃三大碗，老张面对山珍海味，胃口全无；老刘日子紧巴巴，但整天乐呵呵，老张总担心自己挣的家产，迟早要被子孙败光，心烦意乱；老刘最后无疾而终，老张早年打拼，落下了不少病根子，这让他常常莫名地恐惧：自己总有一天，不得不躺在医院的抢救室里，插满管子……

我一直好奇，如果让老刘和老张换位，老张会感觉满足吗？老刘能觉得幸福吗？

很难说。因为，你不需要的，给你再多，也给不了你满足和幸福。

那么，一个人，终极之需，到底是什么？

肯定不是金钱，也不是社会地位；不只是爱情，也不只是家庭；不单是事业，也不单是健康。因为，很多拥有这一切的人，也未必是满足和幸福的。

也许，根本就没有终极之需。没有什么东西，是你获得了，就能获得幸福。除了幸福自身。而对不同的人来说，幸福根本就没有一个标准和范本。

因此，在我看来，此刻你拥有的，且你愿意珍惜的，就是你的终极之需，就是你的幸福。

静候的智慧

◎刘小兵

大千世界，漫漫红尘，每天都在上演着进与退的人生剧目。当机会来临，我们无疑应奋勇争先，而当机会还没降临时，我们则要学会静候。静候不是守株待兔，更不是不思进取，而是一种大智慧。

看到这么一则故事。挪威布特森山林地区有一种长角鹿，每到冰雪即将消融的季节，它们都会成群结队地踩着布森河厚厚的冰过河，迁移到对岸去觅食春天的草籽儿。但每年总有一批长角鹿来得晚，而错过了过河。此时，河冰已经消融，面对解冻的河面，这些长角鹿显得异常狂躁。它们常常会对着大树或大石撞自己的犄角，直到弄得伤痕累累才罢休。虽然此后，它们情绪得到了平复，伤势也慢慢痊愈，但尽管如此，它们依然过不了河，只能死在原地。

而这一带还有一种动物——野羚，它们每年跟长角鹿一样，也是要在这个季节过河。但奇怪的是，一些错过了过河最佳时机的野羚，并没有像长角鹿那样狂躁不已。而是昼夜守在河边，靠踩着上游不断漂来的浮冰，最后一个个地都成功渡到了对岸。为什么同样的过河，却出现了两种不同的结局？动物学家经多年观察后，终于找到了答案：原来，在不利的情况下，野羚没有自乱阵脚，而是学会了静候。在静候中，它们把不断漂来的浮冰当成“机会”，当这些“机会”被它们一一把握到时，也就顺利到达了对岸。

生活中，有许多像长角鹿一样的“愚人”。他们怀着远大的抱负，渴望在人生的路上攻城拔寨，取得成功。但是，面对“解冻”的“大河”，看着别人顺利到达彼岸的身影，他们往往会焦虑、烦躁，坐卧不宁，有时甚至还会做出自暴自弃的举动。面对不利的局面，他们不会抓机会，像“浮冰”一样的小机会他们更是熟视无睹。因而，终其一生，就只能碌碌无为。但环顾我们的周围，也有许多像野羚一样的智者。面对困境，他们不急不躁，在光阴里静候着时机。一旦发现机会降临，哪怕是像“浮冰”一样的丁点儿机会，他们也不放弃，靠着这一个个机会，终于渡过了道道难关，到达成功的彼岸。

静候需要多方面的智慧，平和的心态、洞若观火的敏锐、捕捉时机的果敢，缺一不可。此时，要调整状态，扩大视野，畅通信息，一旦局面改观，就抓住时机，果断行动。静候，磨炼着我们的心性。过急了，会掉进“冰河”；过缓了，又会错过“过河”。只有恰到好处，拿捏有度，才能蹚过“大河”。静候，还考验着我们的勇气。勇气不够时，会让我们错失良机；只有勇气足够时，我们才会进退自如，胜利跨上人生的绿洲。

如果把人生比作一条蜿蜒的大河，面对这条奔腾的河流，我们常会面临“过河”的考验。当错过了最佳时机时，千万不要彷徨，更不能浮躁，而是要静候下来，像野羚一样，运用智慧，果断地抓住第二次、第三次……机会。

只要我们不抛弃、不放弃，再大的“冰河”也会被我们踩在脚下，最终赢来属于我们的春天。

寒不冻心跳，风不散笑容

◎包利民

十月，便已下了雪，小兴安岭的冬天早早地来了。这最初的冷，往往在感觉上要比腊月三九难熬。可能是比较突然，没有了过渡。世间事多是如此，如果是循序渐进水到渠成，哪怕是走向苦难，也能渐渐适应；而如果突如其来，便会猝不及防，几欲抵挡不住。

每一年由初冷入深冷的过程，我都会天天到河边散步，看一河流水在寒冷的细细侵蚀中渐渐凝固。有时会想，如果说流淌是河流的心跳，却就这样被寒冷冻结了。记起儿时同亲人一起去冬天的河里捕鱼，当冰穿子凿透厚厚的冰层，却见冰下流水依然。原来，那一层坚冰只是一种保护。

在艰难的境遇里，有时候，我们貌似在坎坷中缓慢，或者仿佛在打击中消沉，其实那也是一种保护。就像冬天的河流般，在身上披上铠甲，是为了不让心上生茧。只要心依然跳动，再寒冷的季节，也冻结不了流淌着的温暖。

遥远的当年，还是少年时代，就曾在冬天问过家人这样的问题，是不是所有的水都不会被彻底冻结？是不是所有的水都能在冰层下流淌？其实并不是这样，我们曾刨开过甸子里那些小小的水泡，甚至大一些的池塘，冰层竟是一冻到底，下面并无流水。便明白，被冻透的，只是那些死水。不流动的水，即使在夏日里也是盎然，即使也是花草繁茂，即使偶尔承接雨水泛起涟漪，从根本上也是没有心跳的。所以，冬季来临，它们就死了，或者说它们早就死了。

就像有那么一个人，他就在我们身边，他日复一日过着不变的生活，他也笑，他也沉默，他似乎就要这样度过一辈子。就算遇上艰难坎坷，他也是一样的状态，不谈得失，不论悲喜。有人说，这是一种淡然，或者一种超然，而我却觉得，这是一种失去了希望的麻木，笑也麻木，沉默也麻木，平常时麻木，艰难时也麻木。生活的真实就在于希望和失望的交替之间，没有了希望，自然也就没了失望，然而，却是一种自己从不曾察觉的失落或迷失。

所以，冬天依然流淌的河，到了春天就冲破了桎梏，把清澈的笑容写在我们的眼睛里。河流的笑容来自不停地流淌，而非偶尔路过的风。只有那一汪汪死水，才会在风来的时候，麻木地笑。

而对于我们来说，笑由心生，只要心中有美好的希望在葱茏，哪怕外面是无边的风雪，也冻结不了如花绽放的笑容。风再大也吹不散笑容，再深重的苦难，也挡不住向着梦想前行的脚步。风越大，就越应像河流一样，笑容越灿烂。给生活以微笑，生活便会回报以花开。

我小的时候，问祖父："你的脸上怎么会有那么多深深的皱纹？”祖父一生经历坎坷，命运无常，可是无论在城里还是乡下，他都走得坚实而有力，也从不曾在生活面前弯了腰，总是露出真心的笑容。他这样说：“我脸上的皱纹是笑出来的，比别人笑得多，所以就比别人的多，比别人的深。”多少年，每一想起祖父的答案，心里就会濡湿，仿佛一种美好在涌动着，就要拔节开花。

寒冷能冻结万物，却冻结不了澎湃的心跳，也冻结不了在苦难中露出的笑容；而苦难能在脸上刻下沧桑，却不能抹去笑纹里荡漾着的温暖。那么，就用足音般的心跳，去迎向正在走来的冬天，面对渐渐强烈的北风，就准备好最美丽的笑容吧！

获得快乐，需要一点儿智慧

◎胡安运

获得快乐，真的需要一点儿智慧。

比赛得奖固然可喜，而享受比赛过程的快乐，更不可或缺。比赛是这样，学习、生活也是如此。如果你太看重第一，太过于功利，凡事都要名列前茅，什么都要金奖、银奖，那么，在人生路上，你将始终背着沉重的十字架，不仅步履维艰而且可能苦不堪言。

快乐的人生，一定是悦纳自我、挥洒自如的人生。真正的快乐必然在功利之外；太多的欲望，有时可能就是精神的枷锁。

获得快乐，其实需要一点儿智慧：减少一点儿欲望，减少一点儿苛求，不走极端，不求完美，尽力就好。因为人的能力有大小，人的水平有高低，不必拿第一来压自己，不用拿别人来逼自己，不要用名次来恼自己。站在人生的舞台上，无论是旦末，还是净丑，尽心演好自己的角色就足够了。是鲤鱼，就在自己的清流里尽情遨游；是雄鹰，就在自己的蓝天里自由飞翔；是骏马，就在自己的草原上畅快驰骋。

人生就是一场场马拉松比赛，你争得了第一，获得了鲜花与喝彩，那也无须趾高气扬春风得意；你落在人后，折戟沉沙，也不必因此就一蹶不振痛不欲生。享受了奔跑的过程，锻炼了坚强的意志，认识了参与的价值，这就是莫大的收获。生命的快乐与魅力，不就是一次次勇敢的参与、一次次无悔的进取吗？做事尽心，则人生无悔；工作尽力，则事业无憾。

就像刘翔那样，获得冠军则享受鲜花和掌声；比赛失利也无怨无悔，不言放弃，一直坚持走好自己的路。既能安享成功的喜悦，又能承受失利的考验，这是做人的风度。

若是得亦忧，失亦忧，老是给自己一个难以企及的标准，老是把自己放在与人竞争的关系上，患得患失，忧心忡忡，痛哭流涕，那么，人生何时而乐？

得之，不狂，失之，不悲；拿得起，放得下，想得开。在竞争中共生，在共生中获得快乐。

可见，获得快乐并不需要多么高深的学问，其实它是一种很简单的智慧：不求完美，不苛责自己，不管结果如何，“尽吾志者，可以无悔矣”。

你不喜欢的每一天不是你的

◎陆小鹿

周末，读王小波。在他一篇《我为什么要写作》里，读到一个词——“减熵”，挺有意思。

有人问一位登山家为什么要去登山——谁都知道登山是件既危险又没有实际好处的事，而且还会导致肌肉疼痛，还要冒摔下悬崖的危险，但是偏偏还有人要去登山。王小波把这个现象叫作减熵现象。他说，通常人总是喜欢趋利避害，热力学上把自发现象叫作熵增现象，所以趋害避利肯定减熵。

他还拿自己当例子。他本身学的是理工科，以他的条件完全可以去经商做赚大钱的事情，可是他却放弃了这些机会而选择写作。他写小说，在那个年代，不但挣不了钱，有时还要倒贴一些，他说自己这样立志写作就是个减熵过程。用现在通俗的话来说，就是傻瓜才会这么干。

可问题是，根本没有人拿着枪杆子顶在“傻瓜”们的后脑勺逼着他们这么干，选择减熵过程的他们几乎100%是自愿、自发的行为。为什么会有人心甘情愿趋害避利呢？我想，大概只有一个词可以用来解释，那就是“自得其乐”。

想起我的前同事美亚，她是一家跨国公司中国区的营运总监，在超5A写字楼里上班，拿着过百万的年薪，是人见人羡的金领。年初，听闻她跳槽了。没多久，在朋友圈里收到她发来的链接，简直让人大跌眼镜不敢相信，她居然创业去做培训师了。她约了几个朋友，租了间办公室，开了家时尚职业培训中心。

这年头，外面培训机构多如牛毛，一个新机构如何冲破竞争障壁吸引生源？以我的判断，美亚肯定会在很长一段时间内入不敷出，未来到底会发展成怎样不敢说，但美亚似乎并不为此焦虑，看她发在朋友圈里的照片依旧神采奕奕、信心满满。也许，这就是"痛并快乐着"的减熵过程。

我的同学舒宁也是。这个中学时代跑八百米永远不及格的娇气女生，如今却成了跑步女将。每个周末清晨我们还躲在被窝里享福时，她已经奔跑在路上，风雨无阻。我们工作一天下班归来，在电脑、电视、手机前休息打发时光，可舒宁吃完饭又出去奔跑了。

她一年参加几个马拉松比赛，把膝盖跑出了积水。我有时候真怀疑舒宁是不是在自虐，请了事假扣了工资、花了大钱买了装备，去戈壁徒步，几天不洗澡，把自己跑得没了人形。但我不得不承认也有羡慕舒宁的时候，就是每回看到她在朋友圈里晒跑步图片，看她脖子上又挂上新的马拉松奖牌，我就羡慕她怎么可以笑得那么明亮、那么爽朗、那么活力四射。

2015年，闾丘露薇，这个在新闻界做得风生水起的媒体人毅然决定告别从事了整整二十年的职业，而选择重新回到校园去当一名全职女学生。

她在离开凤凰卫视的告别感言里有一段是这么写的："如果和工作相比，回到课堂，面对考试，交作业，写论文，这是我觉得应付起来有些困难的事情，甚至有些担心自己的能力，但是也正是这样，更坚定自己踏出这一步的决心，因为一切都是那样的不理所当然。"一切都是那样的不理所当然，不用想，这肯定也是减熵过程。闾丘露薇放弃的是荣光的职业、远扬的名声、可观的收入和驾轻就熟的工作胜任力，换来的是生活的改变、求知的压力、经济的赤贫和未知的挑战。这两者之间孰得孰失，似乎一目了然。但往内里去想，闾丘露薇一定有她自己的快乐所在，这是旁观者无法评价也无须妄加评论的。

费尔南多·佩索阿写过一首诗，我挺喜欢，题目叫——《你不喜欢的每一天不是你的》。里面有句话特别值得深思："你不喜欢的每一天不是你的／你仅仅度过了它／无论你过着什么样的没有喜悦的生活／你都没有生活。"

想想自己，一年365天，究竟有多少天是真正属于自己的？又有多少天仅仅是度过了它们？而美亚、舒宁、闾丘露薇那些心随梦走的"傻瓜"们，他们趋害避利但换来每一天都是自己喜欢的，那是不是才是真的富有？

多告诉我一些

◎陈之杂

泰奥菲尔·戈蒂耶是十九世纪的法国著名作家，他出生于巴黎郊外的一个农场家庭，虽然出身贫困，但他的朋友却很多，很多上流社会的人也都喜欢邀请他参加各种聚会。

当时，巴黎有个名叫弥奥的出版商，他自恃读过很多书，特别喜欢在各种场合滔滔不绝地发表意见。有一次，国王拿破仑三世办私人酒会，弥奥和戈蒂耶都受到了邀请。酒会上，弥奥有好几次想当着拿破仑三世的面高谈阔论，以显得自己有才华，但都被拿破仑三世以各种理由给打断了话题。没多久，拿破仑三世把戈蒂耶叫到跟前，亲切地和他交谈了很久。这让弥奥非常忌妒，在离开皇宫的时候，他气愤地问戈蒂耶：“我承认你的作品都非常优秀，但事实上你读的书根本没有我多，我很好奇为什么你总是特别受欢迎呢？比如国王，他不愿意听我说话，却和你聊了这么久！”

“我受欢迎并不是因为我读了多少书，而是因为我最喜欢说的一句‘能多告诉我一些吗’。”戈蒂耶说，“以今天为例，当国王对我讲述英吉利海峡的美丽风光时，我说‘能多告诉我一些吗’；当国王对我讲述冬季打猎的乐趣时，我也说‘能多告诉我一些吗’；当国王对我讲述他阅读我的作品的感受时，我还是对他说‘能多告诉我一些吗’……就因为这样，我们整个晚上都在愉快地聊天，除了国王以外，别的人也是因为我喜欢说‘能多告诉我一些吗’而和我交朋友。我如果也和你一样只想着自己发表意见，就自然不会被别人喜欢了。”

弥奥听后，羞愧得脸都红了。生活中，很多人都喜欢表达自己的意见，而不喜欢倾听别人的心声，但一个真正受欢迎的人，往往是把说话机会让给别人，把自己放在倾听者的位置上。

甘于背黑锅的苍耳

◎黄淑芬

在广袤的自然界，生长着一种全身有刺、外形长得像纺锤的植物，它就是苍耳。苍耳是菊科植物，身上长有刺，刺呈弯曲倒钩状，形如刺猬。苍耳最喜欢挂在经过它的各种纤维上，比如动物的毛发和人类的衣服，是令人讨厌的一种小果子。丑陋的外表，果实有毒，再加上没有观赏的价值，并且还具有一定的破坏性，农人们在野外砍柴、放牧时，常常会避开它。

苍耳虽然令人讨厌，但它却可以抵抗干旱，是开拓荒山野岭、滩涂盐碱地的“先行军”。众所周知，盐碱地百草不生，因为它土壤里面所含有的盐分会影响到农作物的正常生长。但是苍耳却能泡在盐里，绽放自己的青春。它高可达九十厘米，根系成百上千，根只要一进入土里，就拼命往泥土的深处钻去，虽然那泥土又咸又苦，但是苍耳相信，老天爷总会有下雨的时候，耐心等待就可以。它就这样靠着土里的一点点湿气和空气中的一点水分，坚持着，忍耐着。终于天降大雨，这雨水落进泥里，虽然很咸，但苍耳抓住机会把肚子喝得滚圆，根系有了水的滋润走得更远，苍耳迅速生长、开花、结果。

苍耳众多的根系也“激活”了盐碱地，慢慢地，定居的“客人”越来越多。先是蒲公英，紧接着堇菜和狗娃花也选择把家安在了盐碱地上。几年后，禾本科植物和多年生的小灌木也开始出现，这片盐碱土地便有了生机。

苍耳，因为身上的刺而令人讨厌，一生被人误解。殊不知，它却是开疆拓土、改善水土的“先行军”。尽管背着黑锅，但它依然高昂着头，继续着它的事业。

第四部分

随喜善良

随喜善良

◎延　参

“人之初，性本善。”人心原本是善良的，每个人都是带着纯真来到这个世界上。我们涉世未深时，一闭上眼睛，用心就听到世界最清澈的呼唤。我们走过天真烂漫的少年时代，迎来意气风发、斗志昂扬的青年时代，又走到事业繁忙、成熟收获的中年时代，最后走进了人生的落寞黄昏。

随着阅历的增多，我们的眼眸里很难再找到清纯与透亮，却多了几分世故与沧桑。习惯用伪装的假面具来掩饰自己的内心，学会了花费心思去揣测别人微笑后面有几成真实，学会了戴着有色眼镜去看事物，学会了以复杂的眼睛审视世界。随着岁月风尘的沉淀，看多了世态炎凉，看够了世间的千奇百怪，在世间受到了种种功名利禄的诱惑，人心就变得茫然，人情就变得冷漠，一颗原本善良纯朴的心就变得如石头般坚硬，变得冷酷无情。

没有了善良，世界是荒凉的。人心不能向善，人与人之间就无法拥有真情。人间如果没有了真情，幸福的生活就是荒诞可笑的，空气也是虚伪的。人们生活的这个世界就会是人间的地狱。

清澈的水来自雪山之巅，人的善良来自干净的心底。心不善则事事都往坏的方面看，对人也是吹毛求疵，只找缺点不看优点。心不善的人，对任何人、事、物都很少感激、感恩，常心有不满。我们要学会向内看自己的心，把自己心里的贪痴慢慢去掉，而不是学习如何往外去看别人、批评别人。如果不能经常扪心自问，非得往外看不可，还有一条可行的路，那就是学习多看别人的优点，而不是看别人的缺点。能够经常看别人的优点，久而久之，必能使心地慢慢地转为善良，自然便会开始随喜别人的善事，而不是吃醋或忌妒。换言之，能够真心随喜别人的人，必然是心善、度量大的人。不能随喜又好批评别人的人，无疑是心不善又心胸狭小的人了。

选择善良就是与人为善，选择善良就是选择另一种幸福，人们因善良而变得淳朴与友善。

虽然我们有时不能实施善良，但我们可以随时随地随喜别人的善良，赞扬别人的善良，歌颂别人的善良。随喜别人的善良，这也是一份功德，也是一种善良。

如果第一颗扣子扣错了

◎郝金红

中国工程院院士、著名军事工程专家钱七虎一生桃李满天下。对于自己的学生，钱七虎要求极其严格。

有一次，钱七虎主持一个科研项目，科研团队的成员都是他的学生。项目进行到一定阶段时，钱七虎要求学生们根据项目进度每人写一篇科研论文，并投稿到学术刊物。

半个月之后，钱七虎在一本学术杂志上看到了一篇署名钱七虎的文章。钱七虎认真读了文章后，感觉很陌生，而且自己很少向这家期刊投稿。思来想去，钱七虎将自己的学生们召集起来，问他们："你们最近可有人用我的名字发表文章？"接连问了三遍，终于有一位学生低着头回答："钱老师，这事儿是我干的。"其他同学都惊异地看着他。他马上辩驳："我当时想，用老师的名字更容易发表，所以就……""你马上给编辑部写一份道歉信，说明你署名的真相，向读者们认错！"钱七虎一字一句地对他说。

"钱老师，他也是发表心切，况且，他只是第一次做这样的事，您就原谅他一回，不要让他写道歉信了，这很丢面子的。"有学生站出来为这位同学求情。

“不行。”钱七虎目光坚定。他环视了一下面前的学生们，然后问道，“你们扣过扣子吧？”大家莫名其妙，面面相觑，不知道老师为何将话题转移到扣扣子上。看学生们沉默不语，钱七虎继续说道：“我小时候有一次扣扣子，因为马虎，第一颗就扣错了，还一直往下扣，直到最后一颗才发现，那只好解开重扣。这件事让我记忆深刻，同时也警醒了我，做人做事就像扣扣子，第一颗非常关键，非常重要，如果扣错了第一颗，后面的就会全错。”钱七虎的语气变得柔和起来，“同学们，你们还年轻，正是塑造品德的关键期，如果这个时候扣错了‘扣子’，后果不堪设想啊！”至此，大家才明白钱七虎说扣扣子的良苦用心，犯错的那位同学心悦诚服。

扣好人生的第一颗扣子，未来的道路才不会错。这第一颗扣子，对于每一个人来说，绝对含糊不得。

观众是最好的老师

◎许群兄

有“京剧大师”之称的梅兰芳在艺术上有很高的造诣，但凡他的演出，哪怕只是一小场，也是座无虚席。他的唱腔、神态乃至举手投足在整个戏剧界少有人能及，即便如此，他仍虚怀若谷，不耻下问，努力提高自己的艺术水平。

一次，梅兰芳受邀在戏院演出京剧《杀惜》，台下人山人海被围得水泄不通。到演出精彩处，台下叫好的声音不绝于耳，然而，在众多的喝彩声中，梅兰芳却听到一个苍老的声音，连喊了两句“不好”。梅兰芳心头一惊，这出戏自己排练过多次，也演出过多次，从来没有听到过不同的声音，而这声“不好”又是从何而来呢?

梅兰芳循声望去，只见一个衣衫破旧的老人，正一脸严肃地摇着头。戏演完后，梅兰芳来不及卸妆，就赶紧到台下找人，之后还用专车将他接到了家中。

家人一开始以为来了贵客，全都笑脸相迎，而在得知他是“喝倒彩”之人后，全都不敢相信，甚至有人耳语，说老人“班门弄斧”。然而，没想到的是梅兰芳却对老人毕恭毕敬，先是亲自给老人沏了一壶茶，然后又给他鞠躬行礼，最后谦逊地说：

“先生说我不好，定是看出了不好之处。请先生告诉我不好在哪里，也便于我亡羊补牢。”

老人一开始见梅兰芳如此阵仗，一直在心里懊悔自己快人快语，怕是得罪了这位大师，但之后看梅兰芳为人谦和，一片诚心，也就没有了顾虑，直言道：“按梨园的规定，阎惜姣上楼和下楼的台步应是七上八下，而你却是八上八下，这虽是一个小细节，却也是不应该犯的错误。”

梅兰芳恍然大悟，连声道谢。之后，梅兰芳经常请这位老先生观看他的演出，请他多批评指正，并且不管是人前还是人后都称他为“老师”。

梅兰芳对老人的态度让许多人不解，甚至有人说，一个名扬四海的京剧大师却称一个普通老百姓为老师，实在是有辱大师风范。对此，梅兰芳只说了一句话，那就是：“观众是最好的老师。”

决定一个人层次高低的，其实不仅是学识和能力，更是品质和素养。梅兰芳在学艺道路上的态度和胸襟，正是他大师风范的最好体现。

拒绝，也是一种挽救

◎葛松岭

这是一个真实的故事。

它发生在第二次世界大战期间。故事的主人公是一位平凡朴实的母亲，名叫格蕾丝，她带着自己年仅三岁的儿子随着逃难的人流艰难前行。那时，格蕾丝已经两天两夜没有吃东西了，早已饥肠辘辘、头晕眼花、疲惫无力了。她不时地摸摸藏在内衣里的最后一点儿干粮，那是她最后的一丝寄托和希望，她舍不得吃，是关键时候留给孩子的。看看怀里面黄肌瘦、不时哭泣的儿子，格蕾丝欲哭无泪。看看身旁无精打采、有气无力的路人，再望望没有尽头的远方，格蕾丝越发觉得心虚无力，一阵阵晕眩时不时地袭来，让她摇摇欲倒。她觉得自己实在走不动了，很想找个地方好好地睡上一觉，可想到自己的孩子，又不得不强打精神，苦苦坚持，每走一步，都是煎熬。

突然，格蕾丝看到前面不远处有一个熟悉的身影，登时来了劲头，忙紧走几步，追上了曾经是邻居的医生约翰·洛玛斯。洛玛斯慈善和气、助人为乐。格蕾丝知道，要是把孩子托付给他的话，孩子定会有生的希望。

“你若是帮我带着孩子逃命的话，我一辈子都会万分感激你的！”格蕾丝扑通一声跪在了洛玛斯面前，双眸蓄满渴求。

洛玛斯不由得皱紧了眉头，盯着格蕾丝和她怀抱里的孩子，犹豫了片刻，俯下身子给孩子做了简单的检查，面色如水，冷冷地回应：“不，我不能答应你！你看，我自己的事情已经够多了，我帮不了你的忙。”

格蕾丝当即惊呆了。想那以前，格蕾丝不管怎么求助洛玛斯，他都会爽快地答应，可……格蕾丝顿时瘫软无力，倒在了地上，孩子也骤然大哭起来。洛玛斯想搀扶，格蕾丝猛地一甩手，咬了咬牙，晃晃悠悠地站起来，狠狠地瞪了洛玛斯一眼，踉跄地往前走去。

看着格蕾丝渐行渐远的身影，洛玛斯眼神里闪过一丝喜悦。

一路上，不停地有人倒下，再也站不起来；有人苟延残喘，气息奄奄。可格蕾丝却紧抱孩子奇迹般地坚定前行，翻高山、蹚溪水、穿边境，最终住进了难民营。格蕾丝明白，若自己无法保护孩子的话，别人更无法保护并帮助她将孩子抚养成人。

格蕾丝不管走到哪里，身后总有一双眼睛时刻盯着她。

极为巧合的是，在难民营里，格蕾丝竟又与洛玛斯不期而遇。洛玛斯微笑着迎了上来，谁料，格蕾丝立即将视线转向别处，她不想再看见这个冷漠无情的家伙。

“我知道，你一定会怨恨我的，格蕾丝。”洛玛斯低声道，“请你谅解，我不是不想帮你，假若那时我答应你的话，你一定会没命的。”洛玛斯顿了顿，又说，“你和孩子都需要支撑！

你们母子俩相互支撑，才会有今天的！再次请你原谅我当初对你的无情拒绝。”

哦，原来如此！格蕾丝顿时明白了洛玛斯的良苦用心，她只想到了洛玛斯的无情，却没看到这无情拒绝背后的关爱和呵护。

这看似是一份拒绝，实则是一种挽救呀！

格蕾丝感激得热泪盈眶，扑通一声又跪在了洛玛斯面前，哽咽地说不出话来。洛玛斯也非常欣慰和开心。

周围想起了噼噼啪啪的掌声，人们都对洛玛斯投去了崇敬的眼神。

空瓶子哲学

◎曲丽娜

一个废弃的饮料瓶有水没水，有什么要紧呢？我年迈的母亲却很在意这个。

若干年前，我的父亲去世。作为一名普普通通的农家妇女，我的母亲做起了捡拾废品的生意，寻找到落单老年人别样的风景。

我在学校上班，也经常帮母亲攒废品。孩子们喝过的饮料瓶、废纸之类能收集的都收集起来，母亲隔三岔五来学校，把这些“战利品”拉走。但恼人的是母亲总不大信任我装好的袋子，每次都得把袋子里的瓶子倒个底朝天，一个一个摩挲过了，再装回去。起初我只是以为她嫌我装袋子太松垮，要重新装得紧实一些，可最终我发现不是这么回事。

母亲把袋子里的瓶子倒在后操场的草地上，它们哗啦啦滚了一地。脚边也是，草丛里也是，母亲丝毫不介意。她拿起一个瓶子谨慎地掂了掂，发现里面有水，就拧开瓶盖，毫不客气地把里面的水全部倒掉。一小堆瓶子一个个摩挲，怎样也得小半天工夫。但母亲的神情一丝不苟，她就像严厉的检察官，眼神犀利得不放过一丁点儿水，浑然不在乎时间就那么白白浪费掉了。我总觉得她在做无用功，就督促她："行了，妈，干吗那么认真？有点儿水收废品的人也察觉不出来。"我以为这是一件微不足道的小事，算不上什么投机取巧。"那怎么行，闺女，你妈这辈子没做过亏心事。人家要收的是空瓶子，咱就得给人家空瓶子，骗人的事情咱可不干。"母亲神情严肃地驳斥着我的话，字字清晰干脆，斩钉截铁。

那次，收废品的人去母亲家收购时，正好我在。我看到他径直走到母亲整理好的废品堆前，抓起两袋子装好的瓶子迅速过秤。然后看也不看袋子里的废品是否货真价实，就一扬手扔到了车上，继续过秤捆扎好的纸壳、装好袋的废纸。当他痛快地付给了母亲几张钞票之后，笑嘻嘻地对母亲说："老太太，继续捡哈，你卖给我的废品我放心。"

我怔住，这是多大的信任哪！他跟母亲既不住一个屯子，也说不上沾亲带故，就凭着来母亲家收购了几次废品，就抛给了母亲百分百信赖的橄榄枝。母亲乐颠颠地送走人家，转过身对我说："不是吹的，我摆弄过的废品别人挑不出孬眼。"瞧瞧，她脸上的皱纹挤成深深的一沟一垄，在太阳下闪着动人的光彩，都不给眼睛留一点儿地方了，完全一副"得胜将军"的骄傲模样。

瓶子是空的，做人的诚信却是满的。以一时的"空"换取永远的"满"，母亲的做人哲学可真值得我用一生来好好学习呀！

一字之差

◎程　刚

厄瓜多尔山林里有一种卡拉鼠，以灌木上的坚果为食，它们每天不停地奔波寻找坚果，一边吃一边储存在洞穴里。

卡拉鼠经常会哀号，听上去非常凄惨。原来，是它们辛苦攒下的坚果被松毛鼠偷食了。别看松毛鼠个头不大，但攻击性却非常强，当它们发现卡拉鼠储存食物的洞穴后，便会大摇大摆地钻进去大吃一通，吃饱了就走，饿了再回来，直到把卡拉鼠洞里的坚果吃完了为止。这期间，卡拉鼠只能傻愣愣地看着松毛鼠吃它的坚果，在洞穴的不远处哀号而毫无办法。

五色鸟有一个尖嘴巴，专门用来找虫吃，比啄木鸟还要厉害。戴龙鸟和五色鸟生活在同一区域，但它们找虫能力很弱，所以，每当它们发现五色鸟找到有虫子的树洞时，就会凭着强壮的体格飞过去占为己有。

值得一提的是，五色鸟在虫洞被占以后，并没有像卡拉鼠那样哀号，而是迅速飞到另一棵树上继续找洞，并做出非常兴奋的样子。这时，戴龙鸟以为五色鸟又找到新树洞了，就又飞过去霸占，五色鸟于是再换地方……就这样，一来二去，五色鸟又回到原来的虫洞，而戴龙鸟追了一遭其实什么也没追到。

卡拉鼠如果不哀号，而是积极想办法转移坚果，或许坚果只会损失一点儿。五色鸟面对强敌掠夺从不哀号，而是巧妙用计，最后重新赢得虫洞值得我们学习。

生活中，不敢生气和不去生气只是一字之差，但一个代表的是懦夫，一个代表的是智者，其实更代表的是强者。

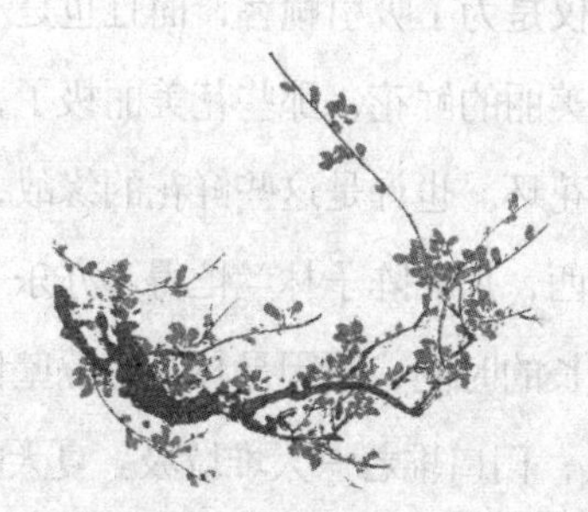

飘来的花香

◎闫 涛

林兰在村子里开了一个小卖部，希望能借它增加收入。村子本来有一个小卖部，可是由于村子比较大，那个小卖部又设在村东头，所以村西头的村民要买东西就得走很远的路。恰巧林兰家在村西头，考虑到这些，林兰就打算在村西头开个小店。

林兰是一个喜欢花草的人，所以，她在自己家院子的周围撒了一些花籽，不仅是为了吸引顾客，而且也是一种心灵的陶冶。没多久就长出了美丽的鲜花，那些花美丽极了，就好像是给院子镶了一个漂亮的花环。也许是这些鲜花的缘故，很多村民都愿意到她的小店买东西，那一阵子林兰忙得不亦乐乎。可是这样的日子并没有持续太长的时间，原因是林兰的隔壁住着一个懒汉，这个懒汉好吃懒做，门口堆着一大堆垃圾。夏天的时候，可谓是臭气熏天。然而，那个懒汉却不愿意清理。林兰家饱受其害，为此她还与邻居理论了一番，可是邻居依然我行我素。林兰很生气，就差自己亲自动手帮他清理啦。时间一长，有些顾客的确受到了影响，他们来林兰小店的次数减少了。林兰看在眼里，急在心头。

转眼又一年夏天来临了，林兰家院子的周围依然花团锦簇。可是吃惊的是，邻居那个懒汉的家门口也长出了一些鲜花，并且和林兰家的花一样，都是一个品种。林兰看到后很生气，她觉得懒汉太不厚道，竟然偷偷地采了自己的花籽。如果他向自己要，自己也能够给他的，可是没想到他竟然偷，那一刻，林兰十分恼火。于是，见到懒汉的时候，林兰就有意无意地讽刺他，可是懒汉并不在乎。渐渐地，懒汉家门口的花越来越多，终于闻不到臭味啦，而且由于那些花长在垃圾上面，养料十分充足，所以长得特别茂盛。村民从那里经过的时候，都会多看上几眼。也就是从那时起，来林兰家买东西的村民又多了起来。

再后来，从林兰家往东，基本上家家户户的门前都长满了鲜花，简直就是一道美丽的风景。林兰这才恍然大悟，原来，并不是懒汉偷自己家的花籽，而是风把花籽吹到了邻居家，于是花籽就从这家传到下一家，年复一年，才有了如此美丽的景象。

其实，有些时候，我们不要轻易地下结论，而应该学会宽容，适当地给对方一些时间，也许时间能够证明一切。渐渐地，我们就会发现，当我们宽容对方的时候，其实也是在善待自己。

三十年恪守一诺

◎祁文斌

1987年秋，当时还是河南省南阳市委宣传部干事的二月河完成了其“帝王系列”历史小说的第一部《康熙大帝》，锋芒初露。《康熙大帝》在黄河文艺出版社出版后广受欢迎，一些地方电视台开始乘势而上，国内几家出版社闻风而动，都想承揽二月河的后续创作，培植“潜力股”，为举步维艰的出版业拓展市场，远在华中的长江文艺出版社也不例外。当时，三十三岁的周百义还是长江文艺出版社的助理编辑，刚进出版社不久。周百义寻思自己的老家在河南信阳，与二月河算是河南老乡，可以以此拉近距离，便抱着试试看的想法，跟出版社领导主动请缨，急匆匆地赶去了河南南阳。

周百义先后去南阳市委宣传部和二月河狭小简陋的家里拜访、约稿，希望二月河将后续作品交由长江文艺出版社出版，但二月河没有表态。显然，此时二月河的小说方兴未艾，出版单位会纷至沓来，“皇帝的女儿”何愁嫁？况且周百义只是个初出茅庐的年轻人，二月河与他素昧平生，毫无交集。但周百义锲而不舍，“不撞南墙不回头”，几次软磨硬泡，终于以自己的执着打动了倔强的二月河。

在一家招待所客房里，周百义与二月河再次进行了洽谈。周百义热情洋溢地对已经心动的二月河说：“你走过了‘黄河’（出版社），再走过‘长江’（出版社），你就占领了全中国。”“我们将最大限度地保持您的作品风貌，不做大的修改。书一出，立即支付稿费，百分之百尊重您的权益。”还表示：“我就住在南阳，您写一章我带走一章。”而二月河对自己的“帝王系列”第一部《康熙大帝》出版前的曲折艰辛记忆犹新：第一卷的前十章，黄河文艺出版社“看稿子用了半天，对他进行知识考核倒是用了两天半”。精诚所至，金石为开，二月河终于答应将正在酝酿中的《雍正皇帝》交由长江文艺出版社出版。

1990年，长江文艺出版社收到了《雍正皇帝》的第一卷《九王夺嫡》的书稿，但意想不到的是，在编辑部的选题论证会上，居然卡壳了。因为，当时国内有个叫王云高的作家，也写了一本《雍正皇帝》，同名电视剧在中央电视台一频道播放过，大家认为同一题材重复出版没有意义。在这种情况下，周百义只得请示出版社总编辑田中全，将书稿直接呈送总编过目。过了很长一段时间，田中全在审读意见中批示“难得的历史小说佳作”，最终决定及时出版！这期间有个细节特别值得一提：由于二月河习惯在笔记本上写作，书稿的字迹非常难认，周百义便在每一页上将模糊的字迹一一描清，排版前还重新誊写了一遍。

长江文艺出版社与二月河最初签约实行的是稿费制，每千字仅二十元。为了能让二月河“多拿一点儿报酬”，合同未到期，周百义又主动与二月河商议把稿费改为版税。完成《雍正皇帝》第二卷的编辑后，周百义被调到了湖北省新闻出版局工作，但他一直坚持协助将《雍正皇帝》的三卷书稿全部出版。

《雍正皇帝》出版后好评如潮，仅仅当年就销售了六万多套。1995年，《雍正皇帝》获湖北省优秀图书奖。1998年，以《雍正皇帝》为底本改编的60集电视剧《雍正王朝》在中央电视台播出，轰动全国。

真诚的合作让二月河与周百义相互理解与欣赏。三十余年，有多家出版社找二月河谈再版和版权事宜，二月河都一概回绝了。《雍正皇帝》爆红后，二月河甚至不止一次地提出降低稿费。而热潮之后，周百义感觉二月河在文坛上相对沉寂时，又撰写多篇文章对二月河的作品进行评介，还亲自设计二月河每卷小说上的宣传语。二月河说："除了长江社，我不同意其他单位出我的小说！"《二月河文集》结集前，二月河即使已有经纪人，仍坚持把文集给了长江文艺出版社出版。

多年后，当年的"年轻编辑"周百义已成长为长江文艺出版社社长。二月河在《一个作者对编辑的祝福》中，回忆了他与编辑周百义一起走过的岁月，由衷地感叹："友谊如一杯浓酒，越久越醇厚。"

有人说，生活中的二月河很实际，不温不火；有人说，文坛上的二月河提得起放得下，看淡潮涨潮落。真正的二月河却大雅亦大俗，大开亦大合。

战胜自己的敌人

◎衡玉坤

骆驼是一种食草动物，虽然长得丑，在沙漠中却是实实在在的智者和强者。

骆驼依靠上天赐予的“特异功能”，在辽阔的沙漠中，在没有食物的情况下，能生存一个月之久。即使三周不饮一口水，也能在气候干燥的沙漠中如履平地地行走、生存。因此，历史上许多国家都有靠骆驼骑行、驮运、拉车、探险的做法。

和骆驼相比较，作为食肉动物的狼就显得非常凶猛、强悍。如果骆驼和狼相搏，毋庸置疑，骆驼绝对不是狼的对手。但在沙漠里，骆驼对付狼却得心应手。

有一天，两匹狼和一匹骆驼在沙漠边相遇了，狼左右夹击，向骆驼发起了猛烈的攻势。骆驼面对狼的进攻，既不应战也不停步，而选择快速地向沙漠逃跑。

两匹狼认为骆驼败局已定，当然不会放过已经到了嘴边的肥肉，拼命地追了上去。

骆驼在前面跑，狼在后面追，如果双方拉开的距离较远，骆驼就会主动放缓脚步，待狼奔跑到跟前时，才再次发力，继续向前奔跑。就这样，屡次三番，狼被彻底激怒了。

狼虽然凶猛，但在沙漠中体力消耗很大。在狼的理念中，从来都是漠视一切对手，掠夺是不二的选择。跑了几个小时后，两匹狼累得张大了嘴巴，吐着舌头，喘着粗气。可它们挡不住想吃骆驼的诱惑，还是继续拼命向前追。

平常看上去笨拙的骆驼，在沙漠里却游刃有余，越战越勇，不急不躁，不温不火，时快时慢，把两匹狼玩得团团转。

狼虽然渴得嗓子直冒烟，但仍然沉浸在食骆驼肉、喝骆驼血的幻想中，强打精神追击，不知不觉进入了沙漠腹地。

沙漠中的温度越来越高，空气越来越干燥。两匹狼渐渐体力不支，口吐白沫，先后倒了下去。

在这场没有硝烟的战场上，两匹狼本来有着一定的优势战胜骆驼，但骆驼既不仓促应战，也不做无谓牺牲，而是发挥自己善于在沙漠中奔跑的优势，生生将两匹狼拖得筋疲力尽，活活渴死、饿死。

两匹狼只想捕食骆驼，却不知道不同环境下，优势和劣势会相互转化，需要时时审视自己，而不是被欲望迷了心眼，冒进贪功。

在得与失面前，人们往往只想到得，却忘记了得与失的距离往往仅一步之遥。

归根结底，要想战胜敌人，首先要战胜自己，贪婪只能加速自己的死亡。

面对失败的勇气

◎黄超鹏

金扫帚奖是由青年电影手册主办发起的华语电影史上首个为年度最差影片颁发的奖项，被誉为中国的“金酸莓”奖。在北京举办的第九届华语电影金扫帚奖颁奖典礼上，演员王宝强凭借导演处女作《大闹天竺》获得本届“最令人失望导演奖”，成为金扫帚奖设立九年以来首位来领奖的一线男演员。新闻传出，网友们褒贬不一。有人笑王宝强心大，竟还有脸出席献丑；有人质疑他炒作，靠这种新闻来搏版面出风头。

王宝强在台上正面回应，解释自己出席的原因，他讲道：“我知道金扫帚奖是一个不光彩的奖项，大家也都知道，但是它能鞭策人进步。为什么今年，我必须来接受大家的批评？因为我爱电影，我尊重电影、尊重观众、尊重在座的前辈们，所以我一定要来领。”“我挺感谢金扫帚给我这样一个机会，让我跟观众说一声对不起，这一句话在我心里很久了。这次是欠观众一次，但是我相信通过自己未来的努力和不断学习，我一定会成为大家心目中一个合格的导演。希望这是我第一次，也是最后一次得金扫帚奖。”

美国演员们对“金酸莓”奖的态度也十分正面。曾获得过奥斯卡奖的好莱坞女星哈莉·贝瑞亲领“金酸莓”奖时，对在场的观众们解释了出席典礼的原因：“当我还是个孩子的时候，妈妈告诉我，如果不能做一个好的失败者，也就不能做个好的成功者。这个奖不会打击我的信心，只会让我立志不再失败。”桑德拉·布洛克也领过“金酸莓”奖，之后又凭借另一部电影获得了奥斯卡最佳女主角奖，她说道：“我将把奥斯卡金像奖和金酸莓奖的奖杯并排陈列在家中，提醒自己要好坏兼听。”

我钦佩这些得奖者的气度和谦卑，佩服他们直面失败的勇气。因为不敢直面、正视别人意见的人，一味选择逃避，注定不会有所收获或进步。其实，在生活中，只要别人的意见或建议是善意的，对自己有益的，兼听无妨。

顺　便

◎高小宝

一

上周末我回老家，中午吃饭时，母亲端出一盘蒸红薯。红薯吃起来像板栗一样绵甜。问她哪里买的红薯如此好吃，母亲笑了：“是你红霞婶送我的。”我差点儿被噎住，谁？红霞婶？怎么可能？若干年前她和母亲发生过口角，两人有近十年没说话，她会给母亲送红薯？我怀疑自己耳朵出了问题。母亲解释道：“其实也没什么，咱家有块地和你红霞婶连畔种，有次我去地里摘豆角，她家栽种的地膜红薯苗没有揭开上面覆盖的塑料布，里面温度高，红薯苗叶子已开始发枯，想起红霞他爹那几天生病住院，一定是她忙照顾无暇顾及，我就揭开了塑料布。后来，她到地里一看红薯苗长得青翠茁壮，猜到是我帮忙，专门来给我说了不少感激话。这不，前几天红薯能吃了，她又到地里挖了一篮子送过来。唉，想想以前和她的那些过节，有时觉得怪不好意思。”

原来如此，我心里一阵温暖，一定是母亲的大度感染了红霞婶，让两人消除了心中多年的隔阂。但我激她：“红霞婶说话尖酸刻薄，你不担心会好心没好报？”母亲瞪了我一眼：“你怎么会有这么奇怪的想法，当时我只看到红薯苗即将枯死，顺便就揭开了塑料布，其他就没多想。”

二

暑假的一天，我给女儿换上了一件粉色新纱裙，和她一起下楼买菜。她走在前，我走在后。走到三楼拐角，出其不意，女儿突然猫腰拎起一个扔在一家住户门口装着西瓜皮的垃圾袋。我赶紧大声制止：“放下，快放下，脏！”女儿竖起手指放在嘴边小声道：“妈妈，别出声，一会儿下楼给你说。”说完，便自顾自地拎着垃圾袋往下走。我步步紧随。

到了楼下，女儿把瓜皮扔进垃圾桶，拍拍手，笑吟吟看着我。我佯装生气看着她，等她开口说话。“有一次，我放学回来，遇见三楼两个阿姨在吵架，作为邻居，关系闹僵可不好。我刚才虽然不知道那个垃圾袋是谁家的，但顺便把它扔了，就会让那两家以为是对方做的，这样两家关系不就慢慢缓和了。再说了，西瓜皮长时间放在楼道也不好。”说完，她表情得意地看着我，好像她策划了一件多么值得骄傲的事。我不置可否，这孩子，倒真会想，她只想到对方见没了垃圾以为是邻居扔的，却没想到人家也会认为是自己家里人扔的。看着女儿澄澈的双目，我却怎么也说不出口我想到的那种可能。

三

姐姐买了一套新居室，便想把原来的旧居卖掉。她在网上发了一个帖子，一个叫孙强的人看了房子后表示愿意购买。姐姐在腾空房子时，阳台上一个大塑料箱里装满了外甥小时候玩过的一些玩具，这些玩具虽然有些陈旧，但也没怎么损坏，姐姐想起孙强来看房子时，带着一个三四岁的男孩。于是姐姐决定，把这些玩具留下来送给孩子。为了避免引起不必要的误会，姐姐顺便给孙强打电话说了此事。孙强高兴地接受了，并一再表示感谢。

过了几天，姐姐突然接到孙强打来的电话，让她务必过来一趟，说有重要物品归还。姐姐去后，孙强拿出一条亮闪闪的白金项链给她看："这是不是你家落下的东西，我是在玩具里发现的。"姐姐眼睛一亮，这不是她的那条结婚项链吗？当初她找不到，以为丢了，原来掉到了玩具堆里。这回轮到姐姐感谢了，孙强说："当初你把那么多玩具送给孩子，我提出适当给你点儿钱，你说什么也不肯要，那些玩具都好好的，我儿子可高兴了，当宝贝似的。我们是进城打工的，经济不宽裕，平时几乎没给孩子买过什么，难得你这片好心，我们感激还来不及！再说，这项链本来就是你的东西，我若不声不响占了去，还算是人吗？"听了这话，姐姐心里热乎乎的，同时也感慨万千，她没想到，这些对她已毫无用处的玩具，却帮她找回了最宝贵的东西。

那些美丽的普通人

◎陈晓辉

出去散步，看到物业公司那个黝黑的大叔扯着胶皮管浇花。浇完一片之后，他就弯着腰，不厌其烦地把草坪边缘的步道再冲一遍。我随口问："您浇完花就行了，为什么要冲路呢？"大叔笑了："因为浇花的水冲到路上，会带下来泥土，保洁就不好扫地。我最后把路边的土冲回草坪里，既节约了浇花的水，路面也干净了嘛。"——怪不得，路面上始终这么干净。

他的笑容，像冬日和煦的阳光，有暖暖的温度。

有一段时间，我负责维护公司的网站，经常为更新的内容太少而发愁。一次去另一个部门送材料，对接的年轻女孩子知道我的工作内容之后，说："我们部门偶尔会有一些新闻性的材料，可以发到公司网站上。你留个邮箱，只要有了我就及时发给你。"我答应了，但并没有抱什么希望。在领导没有布置的情况下，谁会愿意主动给自己增加一项工作呢？

但是，后来我的邮箱经常能收到她发来的邮件。有一次我在餐厅遇到她，向她道谢，她摆摆手："我有义务配合你的工作。"其实，并没有人对她提要求，公司那么大，她也不认识我，她有什么义务呢？我想，她说的义务大概是责任。

她的白色裙子，像清澈的月光，在喧闹的环境中，有安静的力量。

儿子天天骑自行车上学，有一天回来说，路上爆了车胎，正推着车子着急找修车铺，一个环卫工大爷骑着三轮车过来，看到瘪瘪的车胎："孩子，车胎没气了？"孩子点点头。老大爷从环卫车上下来："我给你修，很快的，别急。"果然，十分钟不到，车胎补好。儿子付钱他也不要，"赶紧去上学吧，别迟到了！"

后来我找到这位大爷，跟他道谢。原来他的环卫车上常年带着打气筒、胶水等工具，扫马路的同时，看到路上行人的车子没气了、车胎破了，就给人修，也不要钱。"我也不会干别的，只能帮人修修车，干点儿小事儿。"大爷说。阳光下他脸上的皱纹，像一道道小溪，是清澈的希望。

生活中，我遇到过许多这样"只能做小事"的普通人。沿街推车卖烧饼的小贩、满面灰尘的环卫工、高高远远的脚手架上戴着黄色安全帽的工人……虽然我不知道他们的名字，但他们都毫无缘由地给我一种亲切感，让我感觉到自己真实地活在这个世界上。

我并不知道他们的姓名，但我从未觉得他们和我没有关系。这种关系绝不仅仅是扫干净的马路、回家路上顺手买的烧饼……他们常常让我觉得，这个喧闹的世界其实很美丽，也很温暖。

他们并不知道我的存在，但他们滋养了我的生命。

给轻视鞠个躬

◎申云贵

有一次，著名男高音歌唱家杨洪基参加一场演出，当时，排在他前面出场的是一名通俗歌手。按规定，每名歌手只能演唱一首歌，可是，由于这名歌手唱得太好了，所以她唱完一首后，台下观众都意犹未尽而齐呼："再来一首！"看到观众这么热情，舞台监督就破例让她又唱了一首。可没想到一曲唱罢，台下观众又齐呼："再来一首！"就这样，这位歌手一连唱了六首。

舞台监督急了，这样唱下去可不行，后面的歌手没法唱了。于是不顾台下震耳欲聋的"再来一首"的呼声，命令工作人员抬上伴奏的钢琴，让主持人赶紧报幕："下面请著名男高音歌唱家杨洪基老师演唱《我们走在大路上》。"

杨洪基听到了上台的"命令"，便马上向舞台走去。可刚踏上舞台，台下就传来了"下去，下去"的喊叫声。杨洪基的脸一下子红了，感到很不自在。但他只是稍稍停顿了一下，便又继续往前走，一直走到了舞台中央。这时台下观众一齐高喊："下去，下去！"喊叫声整整持续了三十秒才开始减弱。舞台监督为杨洪基捏了一把汗，心想，完了，完了，这个年轻歌手只怕承受不了这打击，会唱砸。这时，只见杨洪基向台下深深鞠了一躬，没想到奇迹发生了——台下立即变得鸦雀无声。杨洪基清了清嗓子，随着钢琴的伴奏，一首高亢、雄浑的《我们走在大路上》倾泻而出。不一会儿，台下的观众就随着音乐的节奏拍起手来。杨洪基的眼睛湿润了，歌声越来越高亢，整齐的掌声也越来越热烈。演出取得了巨大的成功。

许多年后，杨洪基和人谈起那次演唱，还感触良多："说实话，我刚走上舞台，还没唱，观众就喊'下去'，当时非常委屈，想不唱了。后来站到舞台上，观众又喊了三十秒'下去'，三十秒在平时很短，但站在舞台上感觉好漫长。这样的场面对于一个歌手来说，是多么难堪的事！但是我想，你们看不起我，不让我唱，我就要展现我的诚心，偏偏要唱好。于是，我向观众鞠了一躬，用心唱起来。这是我唱歌以来唱得最好、最动情的一次，我流泪了，观众也被我感动了，和我产生了共鸣。本来，主持人报幕说我是'著名男高音歌唱家'是错误的，因为当时我还年轻，并不'著名'，可那次演唱后，我就到了'著名'的高度，一直没有下来。"

一般人遇到被轻视、羞辱的难堪场面，要么会吓得不知所措、方寸大乱，要么会勃然大怒、拂袖而去，而杨洪基却给"轻视"鞠了一躬，以诚心和实力"回击"，最终赢得了观众，赢得了尊重。

人生路上，常常会遇到"轻视"和"误解"这样的"拦路虎"，这时，就需要放下身段，谦虚地"鞠躬"，以心换心。其实，什么“拦路虎”都不可怕，态度决定高度。一次“鞠躬”，或许能赢得一个成功的机会或命运的转机，一辈子“鞠躬”，就能赢得整个人生。

一节没上的钢琴课

◎乔凯凯　编译

从八岁开始，每个周末我都会去贝西默老师家里上一节钢琴课。我很喜欢弹钢琴，也很喜欢贝西默老师。

贝西默老师很温柔，每次上课之前，她都会给我喝一杯果汁。我不确定它是由哪种水果榨成的，当然这不重要，它并不妨碍果汁香甜的味道。我很喜欢听贝西默老师讲课，她能举出很多例子，让原本枯燥的理论知识变得有趣好玩。贝西默老师还会亲自给我示范弹奏乐曲，她弹得流畅、优美，毫无瑕疵，堪称完美。我羡慕极了！

一个周末，我骑着脚踏车去贝西默老师家上课。在路上，我遇到了我的好朋友艾伦。艾伦告诉我，他要去罗纳湖钓鱼。他说，现在是去罗纳湖钓鱼最好的时期，很多人甚至专门开车从很远的地方赶来呢。

“我们一起去吧！”艾伦对我发出了邀请。我犹豫了几秒钟，答应了艾伦。

其实，几乎在艾伦发出邀请的瞬间，我就已经决定和他一起去钓鱼了。我犹豫的是，要不要让艾伦等我十分钟，让我去向贝西默老师请假。不过几秒后，我就打消了这个念头——艾伦也许不会等我，他很兴奋，已经迫不及待了。而且，如果我不去，贝西默老师刚好可以休息一天。那天，我们钓到很多鱼，直到很晚才回来，我和艾伦玩得都很开心。

第二个周末，我照例去贝西默老师家里上课。见到贝西默老师时，我才意识到，我的手表坏了，我早到了一个多小时。贝西默老师笑着说："我六点就起床开始准备了，你再等一会儿，我们就开始上课。"

接下来，贝西默老师仔细打扫了琴房，调试了钢琴，然后坐在琴凳上反复弹奏一首曲目，我听出来了，那是我今天即将学习的内容。做完这一切后，贝西默老师从冰箱里拿出一些芒果、香蕉、木瓜和草莓，把它们切成块，然后放在榨汁机里，一杯香甜的果汁就榨好了。

"榨好这一杯果汁后，你就该来了。"贝西默老师看着我说。

接过贝西默老师递来的果汁，我突然问了一个问题："如果我最后没有来呢？就像上个周末。"

"我还是会做这些工作，只是你没有来，这些准备就变得毫无意义了。"贝西默老师平静地说。她的语气里没有一丝怒气和责怪。

从那天之后，我再也没有缺过一节钢琴课。只有一次，因为生病无法上课，我在前一天晚上就请求我的母亲去跟贝西默老师请了假。我想说的是，如果你和别人有约定，最好不要失约。如果真的无法赴约，一定要提前告诉对方。因为你不知道，在等待你的时间里，别人为此做了多少准备。

与物为春

◎谢云凤

友人凝是一个很有生活情趣的女子，蕙质兰心，总能将平淡的生活装点得诗意盎然。即便在万物萧条的寒冬，凝依然常常在朋友圈展示生活的喜悦，九宫格照片全是缤纷多彩的鲜花，那是她在温室里精心培育的花朵。

彼时，南方正大雪纷飞，而我隔着迢迢千里的距离，看着朋友圈里凝的笑脸和花，感受到了四季如春的气息。

蓦地就想起庄子说过的话：“与人为善，与物为春。”原来，四季轮回只是自然的时序，并不能阻碍花开绚烂和心的飞舞，只要我们有一颗向善向美的心灵，同样可以在白雪皑皑的冬季嗅闻暗香袅袅。

贾平凹先生在一篇散文里写到他喜欢的一种生活，即是：“院再小也要栽柳，柳必垂。晓起推窗，如见仙人曳裙侍立；月升中天，又似仙人临镜梳发。蓬屋常伴仙人，不以门前未留小车辙印而憾，能明灭萤火，能观风行。三月生绒花，数朵过墙头。”

初读此文，开篇读到这段话，便觉意境空明，行文清丽，脑海中随之浮现的便是一幅世外桃源般的雅致生活之画，花草相间，仙气冥冥，似是人间天堂，又如海市蜃楼，让人浮想联翩。

想不到贾平凹先生的心里竟也有这般细腻柔情，懂得经营生活的细枝末节。假若住进这样垂柳妖娆、绒花灼灼的田园小院，春的暖意一定扑面而来。贾平凹先生触目所及，不仅是花红柳绿的美艳，更有从心底不由自主生发的灵感与才情。这对一个作家的写作和心态的呵护保养，无疑是最重要的外在熏陶。在这样如沐春风的环境中，无论是写作还是生活，都能达到与自然和谐妥帖的状态。

想一想，我们平日的生活，习惯了在四季变换中适应面对，承受冬的枯寂严寒，享受春的意蕴悠然，却忘了“万物静观皆自得，四时佳兴与人同”。是啊，世界万物的流转，与我们的慧眼和心态有关。你有什么样的心态，用什么样方式对待，万物就会呈现什么样的状态。

遇到困境时，我们常常安慰自己：“冬天来了，春天还会远吗？”凭着这句经典鸡汤，我们习惯了等待春光的照拂，让它来拭去蔽日的阴霾，却忘了眼下的寒冬，并不只有煎熬，它一定也有如春般的美好，藏匿在被你忽略的角落。

这一生，我们遇到的困境寒冬，不可估量也猝不及防。许多人很难做到处变不惊、随遇而安，常常陷入其中，痛苦沉沦，过得暗无天日。我也曾是这样，为了鸡毛蒜皮的小事生气流泪，回头想想又何必。直到看到汪曾祺先生的书，被他那种大事化小、小事化了的人生态度影响，才开始慢慢转变为人处世的态度，竟也觉得日日有惊喜，处处春常在。

最让我印象深刻的是汪老的散文《沽源》。那时候，汪曾祺被发配到沽源县城，去那里的马铃薯研究站画马铃薯图谱。在去沽源的路上，汪老受尽了车马劳顿之苦，到了县城，眼见一片荒凉萧瑟的衰败之景，本该触景生情哀从中来，他却对边塞之境充满了探寻的乐趣。在少风多雨的沽源城墙，他发现一簇灿然盛开的波斯菊，微风吹拂，珊珊可爱。汪老欣喜地流连了一会儿后自言自语："谢谢你，波斯菊。"

多么可爱的汪老啊，在他眼里，沽源在凄凉之中自有一分颜色，一点生气，严寒也不足畏惧了。

我喜欢这样的心态和智慧，即使有挫折和失落，但那又怎样，眼下依然有值得热爱的美好，有触动心灵的感怀啊！沉溺其中，忘却凡尘，春常在心中！

允许父母“玻璃心”

◎积雪草

前段时间，在街上遇到一个久未见面的朋友，她面容有些憔悴，张口就跟我抱怨：“真不知道是怎么搞的，我爸和我妈现在变得越来越敏感，越来越脆弱，越来越矫情，越来越‘玻璃心’。我随便说一句什么话，自己都不知道哪里说错了，他们就会无缘无故地生半天气。一个哭天抹泪，怎么哄都哄不好；一个凶神恶煞，怎么劝怒气都不消。而且他们目标一致，共同针对我。这日子可怎么过啊？我现在都害怕回家了，不知道什么时候一不小心就犯错了。”

她的父母我都认识：一个是乐观开朗的老太太，爱说爱笑；一个是内心强大的老头，风趣幽默。他们两个人都退休了，在家中享受悠闲的晚年生活，怎么从女儿的嘴里说出来，就都成了“玻璃心”了呢？

看到我一副不相信的表情，她说：“是真的，你别不信。前段时间，我说带他们去旅游，去他们向往已久的西藏，他们两个欢呼雀跃，高兴得像孩子一样。他们太喜欢那个地方了，可是我担心他们会有‘高原反应’，所以一直没带他们去。今年刚好有一个假期，才有了带他们出行的计划。谁知道临出发的前两天，我老公临时有事，从国外赶回来，久别重逢，所以我取消了带父母出游的计划。这下父母不高兴了，两个人都气鼓鼓的，说我偏心，向着外人，这个女儿真是白养了。你说这都是哪儿跟哪儿？什么内人、外人的？你说他们现在怎么变成这样了？”

我听着她唠唠叨叨，一时无语。

其实，不仅仅老人有颗“玻璃心”，年轻人也会有。“玻璃心”是一种没有自信心、没有安全感的体现。很多人都喜欢刷存在感，这是因为他们内心深处渴望被认同，渴望被关注，于是各种纠结、矛盾、困惑，渴望在别人那里找到答案和肯定。这样的人同时也缺乏安全感，往往拿带有攻击性的语言和挑剔的心态来自卫，仿佛不如此便不足以体现自己的强大。当然，认知上的偏差和思维上的局限，也会导致一些人对事物认知上的反方向。其实他们伤害别人的同时，也是在伤害自己，“玻璃心”碎一地，弄得别人不舒服，自己也不舒服。

父母在年轻的时候，都曾站成岁月里的树，不仅只为装点路上的风景，更多的是为儿女挡风遮雨。那时候的父母可曾有一颗“玻璃心”？

但日子过着过着，就发生了改变。曾经年轻的父母渐渐老去，除了年龄在增长，其他健康指标都呈下降趋势，也包括曾经坚强无比的内心世界。他们渴望关爱、渴望肯定、渴望赞美，时不时地弄出点儿动静，也不过是想吸引孩子的注意罢了。

不要以为这世间只有你最容易被伤害，其实你每一个不耐烦的眼神、每一句不屑的话语、每一个无意的动作，都会令父母伤心难过。

所以，请小心呵护父母的“玻璃心”吧，他们曾经为这个家付出过太多的辛苦和操劳。有时间就请多陪陪父母，陪他们聊聊天，陪他们吃吃饭，让他们感受到你的爱和关心，因为陪伴是岁月里最长情的爱。

时光深处的项链

◎董改正

妻子赴宴，回来后丢了项链。她自责、懊恼、悔恨不已，吃不下睡不香，并把它和今年的一切坏运气联系在一起，沮丧、低沉、自怨自艾，陷入情绪的沼泽。

这是一条铂金项链，价值诚然不菲。但自买回来，就一直被藏在衣柜深处，从未戴过，它几乎被遗忘了。在此之前，从未觉得它的重要，从未掂量过它的价值，从未感知我们有这样一笔财富，直到它的丢失。

有时候，生命会用失去的方式，让人悚然而惊，憬然而悟，幡然而悔，恍然而思。失去是一种痛，在习惯麻木的枝丫上，“咔嚓”一声折断，痛彻肺腑，让神经清醒，意识到未曾注意的美好，因而珍惜拥有的一切。

有多少贵比项链的事物，隐藏在时光深处，被烽烟四起的生活狼烟遮蔽，看不到，想不起，以为一切都将继续，一切理所当然。而当“失去”来到，直面毫无掩盖的真实，那种咫尺天涯而无法挽留的被别离，宣告一切已来不及。

例子太多，我们的亲情、友情、爱情，都等不起时光。甚至我们的小拇指，都会因一点儿伤口而不适，提醒完好时的便捷。

李碧华说，别让你的爱，变成冬天的蒲扇、夏天的棉袄。别让痛来提醒，别让悔来敲门。

想起那句“丧钟为谁而鸣”。如果把所有的人类比作一块陆地，那么任何一人的告别，都是浪涛卷走了共同的领地。任何一声钟响，都是为我的丢失而鸣。那么，珍惜，真的不需要“失去”来提醒，因为我们时刻都在失去，时刻都将失去。

时光是一件华贵的帘子，那柔软的质感，让人感叹生命的美好，而它会蒙尘，会污染，若不清洗，就会一碰即碎，化作尘埃，或是油迹斑斑，让人厌憎。时时勤拂拭，莫使惹尘埃，不仅仅是佛家的偈，更是心灵的禅。

夜深了，拂去生活的烟尘，数一数在时光深处，在目光疲劳、心灵钝化的地方，我们有多少珍贵的项链。别让心对爱的抚摸习以为常，别让眼对爱的光芒熟视无睹，别让身体对拥有的健康麻木不仁。感知、感动、感恩，会让时光的柜橱明了起来，你会发现拥有那么多珍宝，每一串都价值连城，无法估价。